KB113744

빛 속에

아시아에서는 《바이링궐 에디션 한국 대표 소설》을 기획하여 한국의 우수한 문학을 주제별로 엄선해 국내외 독자들에게 소개합니다. 이 기획은 국내외 우수한 번역가들이 참여하여 원작의 품격을 최대한 살렸습니다. 문학을 통해 아시아의 정체성과 가치를 살피는 데 주력해 온 아시아는 한국인의 삶을 넓고 깊게 이해하는데 이 기획이 기여하기를 기대합니다.

Asia Publishers presents some of the very best modern Korean literature to readers worldwide through its new Korean literature series 〈Bilingual Edition Modern Korean Literature〉. We are proud and happy to offer it in the most authoritative translation by renowned translators of Korean literature. We hope that this series helps to build solid bridges between citizens of the world and Koreans through a rich in-depth understanding of Korea.

바이링궐 에디션 한국 대표 소설 095
Bi-lingual Edition Modern Korean Literature 095

Into the Light

김사량
빛 속에

Kim Sa-ryang

ASIA
PUBLISHERS

Contents

빛 속에

Into the Light

1

내가 이야기하려고 하는 야마다 하루오는 실로 이상한 아이였다. 그는 다른 아이들 속에 휩쓸리지 못하고 언제나 그 주위에서 소심하게 어물거리고 있었다. 노상 얻어맞기도 하고 수모를 당했으나 저도 처녀 아이들이나 자기보다 어린 아이들을 못살게 굴었다. 그리고 누가 자빠지기라도 하면 기다리고 있은 듯이 야야 하고 떠들어댔다. 그는 사랑하려고 하지 않았으며 또 사랑받으려고도 하지 않았다. 보기에 머리숱이 적은 편이고 키가 컸으며 눈은 약간 흰자위가 많아서 좀 기분이 나

1

My story begins with a very strange boy named Yamada Haruo. Haruo always kept to himself, watching the other kids from a safe distance. Although he was picked on constantly, he himself would taunt the girls and the younger boys behind their backs. Or whenever someone fell down, he was quick to laugh, as though he'd been waiting for something like that to happen. He neither gave love nor received it. He looked a bit creepy: not much hair, big ears, and pale eyes. And he was dirtier in appearance than any other child in the neighbor-

쁘다. 그는 이 지역에 사는 그 어느 아이보다 옷이 어지러웠으며 벌써 가을이 깊었는데도 아직 해어진 회색 옷을 입고 있었다. 그 때문인지는 모르지만 그의 눈은 한층 더 음울하고 회의적으로 보인다. 그런데 이상하게도 그는 자기가 사는 곳을 절대로 대주지 않았다. 그가 걸어오는 방향을 보면 아마 정거장 뒤에 있는 진펄[1] 근처에서 살고 있는 것 같았다. 그래서 언젠가 나는 이렇게 물었다.

"정거장 뒤에서 사느냐?"

그러자 당황한 그는 머리를 저었다.

"아니에요. 우리 집은 협회 옆에 있어요."

물론 엉터리없는 거짓말이었다. 그는 학교에서 돌아올 때면 일부러 이쪽으로 길을 에돌아와서 놀곤 했는데 야간부에서 공부가 끝날 때까지 절대로 돌아가지 않았다. 듣자니 식모할머니의 방에서 밥을 얻어먹은 적도 한두 번이 아닌 모양이다. 나는 처음에 그에게 별로 주의를 돌리지 않았다. 그러나 어느 날 밤 어둑시근한 할머니의 방에서 밥을 퍼먹고 있는 모습을 보았을 때는 깜짝 놀라서 걸음을 멈추었다.

'이상한데' 하고 나는 자기 자신에게 말했다. 그러나

hood. Autumn was already half-over, yet he still was wearing a tattered, gray summer outfit. Maybe that's what made his gaze seem all the more somber and hesitant. Still, oddly enough, he wouldn't tell me where he lived. I ran into him a couple of times in front of Oshiage Station, usually on my way home from the university to the S Cooperative. Judging by the direction he came from, it seemed he lived in the lowlands behind the station. So one time I asked him, "Do you live on the other side of the station?"

He quickly shook his head. "Nope. My house is right next to the co-op."

He was lying through his teeth, of course. When he came by the co-op to play, making a wide detour on his way home from school, he refused to leave until the night classes let out. I asked around the co-op and discovered that the old housekeeper fed him in her room on a regular basis. At first I didn't take much notice of him. But one night, when I saw him shoveling food into his mouth in the old housekeeper's dimly lit room, I stopped dead in my tracks. "How weird," I said to myself. But I wasn't sure what I meant by that. "How weird," I muttered again. The figure of Haruo—his hunched back, his

11

어떤 의미로 그렇게 말했는지 명확하지는 않았다. 나는 다시 한 번 '이상한데' 하고 중얼거렸다. 그의 모습이 어쩐지 나와 관계가 있는 것 같았지만 좀처럼 생각나지 않았다. 움츠러들어 구부정한 잔등이며 얼굴과 입 모습, 젓가락을 쥐는 것까지. 마지막에는 내가 숨이 막힐 것 같아서 묵묵히 그의 곁을 떠나고 말았다. 하지만 그 후에 나는 별로 그를 생각하지 않았다. 그런 중에 그와 나 사이에는 참으로 기묘한 한 가지 사건이 일어났다.

그 무렵 나는 이 S 대학협회의 기숙인이었다. 나의 일이란 그곳 시민교육부에서 밤에 두 시간 정도 영어를 가르치면 되는 것이었다. 그래도 고또(강동)[2] 가까운 공장 거리여서 배우러 오는 사람이 근로자들인 것만큼 두 시간 수업이지만 힘이 들었다. 낮 동안 일을 해서 지칠 대로 지친 그들인지라 이쪽에서 여간 긴장해서 접어들지 않는 한 모두 끄덕끄덕 졸아버리기 때문이었다.

야간부에서 기운찬 것은 역시 아이들이었다. 우리 교실의 바로 아래층이 이이들의 교양실이었으므로 언제나 그들이 떠들어대는 소란한 소리가 들려왔다. 나의 학생들은 그 소리에 놀라 엉치를 들다가 다시 앉는 형편이었다. 낡은 피아노가 울리기 시작하면 아이들은 일

face, the shape of his mouth, even the way he held his chopsticks—reminded me of something I couldn't quite put my finger on. Finally, I began to feel stifled, so I quietly slipped away. After that, I pretty much forgot about the boy. That is, until an utterly bizarre incident brought us back together...

Around that time I was what they called a resident (a boarder) at the university's S Cooperative. My only duty was to teach about two hours of English a night in the community education department. Since the co-op was located in a factory district near Kōtō, however, most of my students were laborers, which made the two-hour class feel like four. They were all dead tired from working the whole day, so I had to stay extra focused to keep them from nodding off.

Not surprisingly, the liveliest among the night classes was the children's section. Their classroom was directly beneath ours, and we got an earful of their hollering every night. Startled by the noise, my students would fidget in their seats. One night, as a piano began plinking away, the children nearly blew the roof off the place with their spirited rendition of a song that went "Come on, let's grow up sound and strong!"

제히 〈우리들은 씩씩하게 자라나지요〉라는 노래를 지붕이 날아갈 정도로 기운차게 목청껏 불렀다.

'이젠 시간이 되었구나' 하고 생각하기가 바쁘게 이번에는 맷돌로 콩을 가는 것처럼 소란해진다. 아이들이 앞을 다투어 계단을 달려 올라오는 것이다. 수업을 마치고 교실에서 나가던 나는 아이들한테 붙잡혀 비둘기 기르는 영감의 꼴이 되고 만다. 한 아이는 어깨에 뛰어오르고 한 아이는 팔에 매달렸으며 다른 한 아이는 내 앞에서 깡충깡충 춤을 춘다. 몇몇 아이들은 나의 양복과 손을 잡아당기기도 하고 뒤에서 소리치며 떠밀기도 하면서 나의 방까지 간다. 그런데 문을 열려고 하면 벌써 먼저 들어가서 기다리고 있던 아이들이 한사코 문을 열어주지 않으려고 한다. 이쪽에서도 아이들이 개미처럼 달라붙어 자꾸만 문을 열려고 한다. 이런 때는 으레히 야마다 하루오가 옆에서 방해를 하는 것이었다.

"내버려 둬, 내버려 둬. 아, 아, 아."

하고 그는 부르짖으면서 나의 코앞에서 익살궂은 춤을 추었다. 마침내 이쪽이 개가를 올리며 방 안으로 밀려들어가자 방 안에서 아까부터 기다리고 있던 예닐곱 명의 처녀 아이들이 와 하고 기뻐하였다.

Class must be over, I thought, whereupon another commotion erupted, this one like beans in a grinder. It was the sound of the children scampering up the stairs. I ended the class and was on my way out when the children surrounded me, like pigeons flocking to an old man with food. One of the kids climbed onto my shoulders, another clung to my arm, and a third bounced up and down while frolicking in front of me. A number of them followed me to my room, some pulling at my suit and grabbing my hands, others yelling and pushing from behind. When I tried to open the door, I encountered strong resistance from a group that had gotten there first and was waiting for me inside. The children swarmed like ants on my side of the door as well, eagerly trying to open it. Then, as always at such times, Yamada Haruo cut in and interfered.

"Loser, loser, haa, haa, haa," he yelled, laughing hysterically and doing a silly victory dance right under my nose. When at long last our side cheered in triumph and spilled into the room, the six or seven young girls who had been waiting inside squealed with glee.

"Mr. Minami! Mr. Minami!"

"미나미 선생님! 미나미 선생님!"

"나도 안아줘요."

"나도."

"나도."

그러고 보면 나는 이 교실 안에서 어느새 미나미[3] 선생으로 통하고 있었다. 알고 있는 바와 같이 나의 성은 남가인데 여러 가지 이유에 의하여 일본식으로 불리고 있었다. 나의 동료들이 먼저 그런 식으로 불렀다. 처음에 나는 그렇게 부르는 것이 몹시 마음에 걸렸다. 그러나 후에 나는 이런 천진난만한 아이들과 놀기 위해서는 오히려 그편이 나은지도 모른다고 생각하였다. 그러므로 나는 위선을 보일 까닭도 없고 비굴해질 이유도 없다고 몇 번이나 자신을 납득시켰다. 그리고 두말 할 것 없이 이 아동부에 조선 아이가 있다면 나는 억지로라도 남가라는 성으로 부르도록 요구했을 것이라고 스스로 변명도 하고 있었다. 그것은 조선 아이에게도 일본 아이에게도 감정적으로 좋지 않은 영향을 줄 것이 틀림없기 때문이라고.

그런데 어느 날 밤 아이들과 함께 떠들고 있는데 얼굴이 창백하게 질린 나의 학생이 들어왔다. 자동차 조

"Pick me up!"

"Me too!"

"Me too!"

Come to think of it, before I knew it I was passing as Mr. Minami at the co-op. As you may know, my surname should be read "Nam," but for a variety of reasons I was addressed in Japanese-style as "Minami." My colleagues were the first to call me that. In the beginning, it really got on my nerves, but after a while, I realized it really wasn't such a bad thing, especially for getting along with the children, who didn't know any better. Thus I told myself over and over that I wasn't being hypocritical, nor was I acting out of cowardice. Of course, had there been a Korean child in the children's section, I would have asked—no, demanded—to be called Nam. Such was my excuse. To go by any other name, I believed, would surely have had a negative emotional impact on a Korean child, not to mention one from mainland Japan.

One night, however, I was horsing around with the kids in my room when a student of mine entered, his face looking pale and drawn. It was Yi, an energetic young man who trained as a driver by day and came to learn English and mathematics at

수를 하면서 밤마다 영어와 수학을 배우러 오는 이아무개라는 건장한 젊은이였다. 그는 문을 닫자 싸움을 걸듯이 나의 앞을 막아섰다.

"선생님." 그것은 조선말이었다.

나는 흠칫하였다. 아이들은 어떤 의미인지 모르지만 험악한 공기에 눌리어 그와 나의 얼굴을 번갈아 쳐다보고 있었다.

"자, 있다가 또 놀자. 이제부터 선생님은 볼 일이 있어서……" 하고 나는 침착해지려고 애쓰면서 입가에 미소를 지었다.

아이들은 고분고분 문 밖으로 나갔다. 그러나 야마다 하루오의 눈길만은 유난스런 빛을 띠고 무엇을 알아내려는 듯이 나를 쏘아보고 있었다. 나는 지금도 희미하게 빛나고 있던 그 눈을 잊을 수 없다. 그는 게걸음으로 여기저기 부딪치면서 천천히 빠져나가는 것이었다.

"자, 앉으시오."

나는 단둘이 남게 되자 조용히 조선말로 말했다.

"그만 서로 이야기를 나눌 만한 기회가 없었지요."

"그렇습니다." 이 군은 선 채로 부르짖었다. "난 사실 선생님한테 어느 쪽 말로 말해야 좋을지 알 수 없었습

night. He closed the door and planted himself in front of me, as if he were about to pick a fight.

"Ah, sir..." He spoke in Korean.

I was taken aback. The children couldn't understand what he was saying, but they were so overwhelmed by the tension in the air that they stared back and forth at each of our faces.

"Listen, kids, we'll play again later. Right now your teacher has something to do," I explained, forcing my lips into a smile as I tried to regain my composure.

The children left, with sunken spirits. Yamada Haruo's eyes alone burned with a strange light and peered searchingly into mine. To this day, I can't forget the faint glimmer in those eyes of his. He scuttled sideways out the door, like a crab, bumping into things left and right as he went.

"Please, have a seat," I said softly in Korean once we were alone. "I'm afraid we haven't had the chance to get properly acquainted."

"No, we haven't!" Yi practically shouted, still standing. "As a matter of fact, I never know which language to use with you." His words were earnest but angry.

Perhaps it was my imagination, but my voice

니다."

그의 말 속에는 젊은이다운 분노가 꿈틀거리고 있었다.

"물론 나는 조선 사람입니다." 이렇게 말하는 나의 목소리는 예감이 앞서서인지 약간 떨렸다. 아마도 내 성이 마음에 걸렸을 것이다. 태연한 기분을 유지할 수 없었던 것도 자기 자신 속에 비굴한 것을 가지고 있었다는 증거임에 틀림없었다. 그래서 나는 약간 허둥거리면서 이런 질문을 하고 말았다.

"마음에 거슬리는 일이라도 있었는가요?"

"있습니다." 그는 기운차게 말했다.

"어째서 선생님 같은 사람까지 이름을 숨기려고 합니까?"

나는 금시 말이 막혔다.

"마음을 진정하고 앉읍시다."

"어째서인지 난 그걸 알고 싶습니다. 나는 선생님의 눈과 관골[4]과 코를 보고 꼭 조선 사람이 틀림없다고 생각했습니다. 그러나 선생은 그런 티를 하나도 보이지 않는 것 같습니다. 나는 자동차 조수 노릇을 하고 있습니다. 오히려 나와 같은 직업을 가진 사람들이 이름 때문에 불쾌한 일을 더 많이 당할 것입니다……."

seemed to tremble slightly as I answered him: "I'm Korean, aren't I?" At the very least, I suppose I felt uncomfortable about the matter of my surname. My uneasiness no doubt proved that I associated my surname with something despicable in myself. Feeling rather confused at that point, I blurted out, "Is there anything I did to upset you?"

"There most certainly is," he said defiantly. "Why is it that even someone like you tries to hide his surname?"

For a moment, I was at a loss for words.

"Listen, why don't we sit down and talk this over like adults?"

"Why? That's what I want to know. Judging from your eyes, your cheekbones, the shape of your nose, I thought for certain you were Korean. But you never once acted like a Korean. I'm an apprentice driver. Surely it's harder for Koreans in my line of work to use their real surnames than it is for you to. Still..." His surging emotions made him start stuttering. Why was he so upset? "Still, I don't see why we have to change our names. I don't want to feel sorry for myself, but I don't want to put on some cowardly act either."

"Nor should you," I said, groaning faintly. "I feel

그는 북받치는 격정으로 하여 말을 더듬기 시작하였다. 어째서 그는 이렇게까지 흥분하고 있는 것일까.

"하지만 난 그럴 필요가 없다고 생각합니다. 나는 샘도 내고 싶지 않으며 비굴한 시늉도 내고 싶지 않습니다."

"옳습니다." 나는 약간 신음하듯이 말했다. "나도 그 말에 동감이오. 난 아이들과 유쾌하게 지내고 싶었을 따름이오."

복도에서는 여전히 아까 그 아이들이 떠들어대고 있었다. 그들은 이따금 문을 열고 콧물이 매달린 얼굴로 들여다보는가 하면 눈을 감고 혀를 내밀어 보이기도 했다.

"가령 내가 조선 사람이라고 하면 저 아이들의 마음속에는 나에 대한 애정이라는 것 외에 나쁜 의미에서의 호기심이라고 하겠는지, 어쨌든 일종의 선입견 같은 것이 앞서게 된다고 생각합니다. 그것은 선생으로서 서운한 일입니다. 아니, 오히려 무서운 일임에 틀림없지요. 그렇다고 해서 나는 자기가 조선 사람이라는 것을 숨기려고는 하지 않습니다. 그저 모두들 그렇게 불러주었지요. 그래서 나도 새삼스럽게 자기가 조선 사람이라고

the same way. I just wanted to get along well with the children." Out in the hall, the kids who'd just left were up to their usual shenanigans: opening the door every so often and flashing a snot-nosed face or closing their eyes and sticking out their tongues. "For instance, if those children knew I was Korean, I'm afraid their feelings for me would change from affection to something more like morbid curiosity. At any rate, something would come between us. That's the saddest thing for a teacher. No, what he fears the most. That's not to say, though, that I'm trying to hide my Korean identity. Everyone just started calling me Minami. And besides, I didn't see any particular need to run around blabbing I was Korean. But if I've made you think for a moment that I'm trying to hide who I am, I can't apologize enough..."

Just then, one of the children peeking in through the open door suddenly screamed, "I knew it—our teacher's Korean!"

It was Yamada Haruo. The hallway went silent for a moment. Even I was momentarily dumbfounded. Then, in an effort to pull myself together, I said, "Anyway, let's get together some other time and discuss this in a more leisurely fashion."

떠벌리고 다닐 필요가 없다고 생각했습니다. 하지만 남한테 그런 인상을 조금이라도 주었다면 난 무어라고 변명할 여지가 없습니다……."

이렇게 말했을 때 문을 열고 들여다보던 아이들 속에서 한 아이가 큰 소리로 외쳤다.

"야, 선생님은 조선 사람이다!"

야마다 하루오였다. 순간 복도는 물을 뿌린 듯 조용해졌다. 나도 좀 어리둥절해지지 않을 수 없었다. 그래서 침착하려고 애쓰며 말했다.

"하여간 또 만나서 천천히 이야기합시다."

이 군은 손을 부들부들 떨면서 밖으로 나갔다. 야마다를 비롯한 몇몇 아이들이 달아나는 것 같았다. 나는 멍하니 서 있었다. 한순간 나야말로 위선자가 아닌가 하는 생각이 전광처럼 머리를 스쳤던 것이다. 계단 밑에서 땡땡 종소리가 울려왔다. 아이들이 왁작 떠들어대면서 구름처럼 내려가는데 그 소리가 마치 먼 곳에서 울려오는 것 같았다. 문이 살그머니 열리더니 발자국 소리를 죽이고 가만가만 다가온 야마다가 등을 구부리고 방 안을 들여다보았다. 그리고는 "야 조선 사람!" 하고 혀를 날름 내민 다음 쫓기듯이 다시 달아났다.

Yi's hands were trembling as he left the room. Two or three children, including Yamada, had already run away. I stood there speechless. For a split second, a thought flashed through my mind like lightning: maybe I was a hypocrite after all. A bell was clanging downstairs. The children drifted down the stairs like clouds, their screams and shouts moving farther and farther away. The next thing I knew, Yamada had snuck in through the open door and was hunched there, peering into the room.

"Korean, Korean!" he said, sticking his tongue out at me. Then he disappeared again, as though I had scared him away.

From that point onward, Yamada Haruo became more and more mean-spirited, and he started following me around. Only afterward did I begin to pay more attention to him.

Once I thought about it, I realized he'd been spying on me for quite some time. When I would get hung up on a word or something and become tongue-tied, he was the one always imitating me and laughing at my expense. There's no question he had me pegged as Korean from day one. Even so, he was always at my heels and often played

이때부터 야마다 하루오는 더욱더 심술이 비뚤어져 귀찮게 굴었다. 내가 그에게 한층 더 주의를 돌리게 된 것은 그 이후의 일이었다.

과연 그러고 보니 오래전부터 그는 나를 의심스런 눈으로 감시하면서 붙어 다닌 것 같았다. 때때로 내가 말꼬리 같은 것에 걸려 혀가 잘 돌아가지 않게 되는 경우 그것을 흉내내면서 새삼스럽게 웃어대는 것은 그였다. 그는 처음부터 나를 조선 출신이라고 점찍어 놓고 있은 것이 틀림없다. 그러면서도 그는 언제나 내 곁에서 떨어지지 않았으며 내 방에 와서 곧잘 장난을 하였다. 그 것은 그가 내게 대해서 일종의 애정 비슷한 것을 느끼고 있었기 때문일까? 그런데 그 일이 있은 다음부터는 나를 극도로 경원하고 있는 듯 좀처럼 접근해 오지 않고 내 주위를 빙빙 돌기만 하였다. 이제 내가 실수라도 하면 한쪽 구석에서 심술궂게 기뻐할 잡도리[5]라도 하고 있는 것처럼. 하지만 나는 늘 누구보다도 애정 깊은 태도로 그를 대했다. 나는 오히려 그를 용서하고 싶었던 것이다. 나는 가능한 대로 그를 연구하고 서서히 지도해 나가려고 결심하였다. 나는 우선 이런 식으로 생각한 것이었다……. 가난한 그의 일가는 지금까지 조

tricks on me when he came to my room. Could that be because he felt a kind of affection for me? Since that incident, however, he seemed to keep his distance and hardly came near me. All he did was trail along after me like a restless shadow, waiting for me to make a blunder so he could gloat in the corner. And yet I was nicer to him than I was to any of the other kids. To be honest, I wanted to show him I wasn't angry. So I made up my mind to study him and gradually become a kind of role model. I just assumed he was from a poor family of settlers recently returned from Korea. Like the majority of children who travel to the colonies, he probably came back with a warped sense of superiority. But one day, unable to ignore his antics any longer, I lost my temper with him. I had gone down to the classroom and was playing with the children when, after two or three obvious glances in my direction, he threw a fit over something trivial and viciously punched the little girl sitting next to him. The girl ran away in tears. He chased after her, screaming, "Grab that Korean! Grab her!"

He used the Korean word *jabare*, meaning "nab," a term often used by mainland Japanese settlers in Korea. The girl, of course, was not Korean. I'm sure

선에서 이주생활을 계속하고 있었다. 그도 외지에 건너
간 다른 아이들처럼 심보가 비뚤어진 우월감을 길러 가
지고 돌아왔을 것이다. 하지만 나는 어느 날 마침내 가
만히 보고만 있을 수 없어서 노발대발하였다. 그때도
나는 교양실에 내려가서 아이들과 놀고 있었는데 야마
다는 두세 번 일부러 그러는 것처럼 나의 기색을 살핀
다음 갑자기 별찮은 일로 성을 내며 곁에 있는 어린 처
녀 아이를 잔인하게 때렸던 것이다. 처녀 아이는 울면
서 달아났다. 그는 달아나는 아이를 쫓아가면서 "조선
사람 잡아라" 하고 소리 질렀다.

'잡아라'는 말은 조선에서 사는 일본 이주민들이 잘 쓰
는 말이었다. 물론 처녀 아이는 조선 사람이 아니다. 나
더러 보라고 그랬을 것이다. 나는 뛰어가서 야마다의
멱살을 잡자 앞뒤를 가리지 않고 따귀를 쳤다.

"못된 놈!"

야마다는 목소리를 죽이고 아무 말도 안 했다. 그저
등신처럼 내가 하는 대로 가만히 있었다. 울지도 않았
다. 숨소리가 거칠어진 그는 밑에서 뚫어지게 나의 얼
굴을 올려다보았다. 유난스럽게도 눈에 흰 빛이 돌았
다. 나를 둘러싼 아이들은 침을 삼키고 있었다. 그의 눈

he said it just to get my goat. I jumped up and seized Yamada by the collar. Without even thinking about it, I slapped him on the cheek.

"Who do you think you are!" I shouted.

Yamada held his breath and said nothing. Like a puppet, he was totally under my control. He didn't even cry. Then, gasping for breath, he stared straight up at my face. His eyes were as cold as ice. The children had formed a circle around me and were holding their breath in anticipation. All of a sudden, teardrops seemed to well up in his eyes. But he calmly suppressed his tears and cried, "You stupid Korean!"

2

Originally one of the neighborhood project organizations led by students at the imperial university, the S Cooperative had become a familiar fixture in this poor community by providing a community education department (including a nursery school and a children's section), a cooperative association, and a no-cost medical clinic. The co-op was the life-blood of the community, offering services from caring for babies and children to dealing with the

에 문득 한 방울의 눈물이 어리었다. 그러나 그는 조용히 눈물을 참는 듯한 목소리로 부르짖는 것이었다.

"조선 사람, 바보!"

2

원래 S 협회는 제국대학 학생들이 중심을 이루고 있는 빈민구제단체로서 거기에는 탁아부와 아동부를 비롯하여 시민교육부, 구매조합, 무상의료부 등이 있었으며 이 빈민지대에서는 친근한 존재였다. 젖먹이들과 아이들을 위해서는 더 말할 것 없고 세세한 일상생활에 이르기까지 그야말로 끊을 수 없는 연계를 가지고 있었다. 그리고 여기 다니는 아이들의 어머니 사이에는 '어머니의 회'도 있는데 그들은 서로 정신적 교섭이나 친목을 도모하기 위해 한 달에 두 번씩 모이는 것이었다. 그러나 지금까지 야마다 하루오의 어머니는 단 한 번도 얼굴을 내밀지 않았다. 자기 아이가 밤늦게까지 여기에서 논다는 것을 알고 있는 사람이면 다른 어머니들만큼 관계 대학생들에 대한 뜨거운 감사의 정은 없다 해도 때로 어버이로서 자기 아이에 대한 근심 때문에 찾

details of everyday life. There was even a Mother's Association that met two or three times each month to encourage emotional support and friendship among the mothers of children attending classes here. Not once, however, did Yamada Haruo's mother put in an appearance. If she knew that her own child came here to play until late at night, then wouldn't she stop by from time to time—if not, like the other mothers, out of gratitude to the university students in charge, then at least out of parental concern for her child? As I became more interested in this unusual boy, I realized I first needed to know more about his family background.

Soon thereafter, when the children were to go camping in the mountains over a three-day weekend, I called Yamada to my room. I knew that he had never been able to participate in these sorts of outings in the past.

"So, do you wanna go?"

The young boy remained tight-lipped. In situations like these, no amount of sweet-talking would allay his skepticism.

"Not even this time?"

"—."

"What's wrong? Just have your mom come by. Or

아오게 될 것이 아닌가. 나는 이 이상한 아이에게 관심을 돌리면서 그의 가정부터 알아야 하겠다고 생각하였다.

오래지 않아 사흘 동안 쉬게 되는 주말의 휴식을 이용하여 아이들이 어느 고원지대에 야영을 가게 되었다. 나는 야마다를 내 방에 불러왔다. 야마다가 지금까지 이런 기회에 언제나 참가하지 않았다는 것을 나는 알고 있었다.

"어떻게 하겠니. 너도 가겠니?"

소년은 고집스럽게 침묵을 지켰다. 그는 이런 경우 아무리 다정하게 말해도 언제나 의심을 가지는 것이었다.

"이번엔 너도 가자."

"……"

"어떻게 하겠니. 너도 어머니를 데리고 오는 게 좋겠다. 아버지가 와도 좋고, 어쨌든 부모가 와서 승낙하면 되는 것이니까."

"……"

"데리고 오겠니?"

야마다는 고개를 저었다.

"그럼 안 가겠니?"

your dad—all we need is permission from a parent
or guardian."

"—."

"Can you bring one of them by?"

Yamada shook his head.

"So, you're not going?"

"—."

"I'll pay for you."

He gave me a blank stare.

"Deal?"

"—."

"In that case, why don't I come over and talk to
your parents for you?"

He shook his head again vigorously.

"But you'll be gone for three whole days, so we
have to get their permission, right?"

"You're going to the mountains, too?" the young
boy finally asked in a cagey sort of way. "Aren't
you?"

"No, I can't. This time it's my turn to hold down
the fort."

"Then I'm not going either."

A furtive smile stole across his lips.

"Why not?"

He sneered back, baring his teeth and thrusting

"……"

"비용은 선생님이 대주겠어."

그는 공허한 눈길로 나를 올려다보았다.

"그렇게 하자."

"그럼 선생님이 너의 집에 같이 가서 말해 줄까."

그는 당황한 듯 또 고개를 저었다,

"하지만 사흘이나 자고 오니까 아버지나 어머니의 허락을 받아야 하지 않니."

"선생님도 산에 가나요?" 이때에야 비로소 소년은 뻔뻔스럽게 물었다.

"안 가나요?"

"응. 선생님은 못 간다. 이번에는 집을 지키게 되었단다."

"그럼 나도 안 가겠어요."

그는 알릴 듯 말 듯한 미소를 입술에 띄웠다.

"어째서?"

이렇게 묻자 그는 히— 하고 이를 드러내며 백치처럼 턱을 내밀었다. 이렇게 되어 나는 이전부터 그의 집을 한 번 방문해 보려고 생각하면서도 끝내 목적을 달성하지 못하고 말았다. 그는 웬일인지 그런 틈을 주지 않는

34

his chin out like an idiot.

I had been planning to use the trip as an excuse to visit his house once and for all, but I never made it there. For whatever reason, he wouldn't allow me that chance.

When Saturday finally rolled around, more than a hundred kids from the S Cooperative's children's section were giddy with excitement as they formed lines and set off for Ueno Station. Just as I expected, Yamada didn't show up by the appointed time. Later, I remembered something I had to do on the roof. When I went up there, I was shocked to find Yamada Haruo leaning against a leg of the clothes-drying platform, his gaze fixed on the line of children stretching out into the distance. Something about the whole scene moved me to tears. He must have heard me, for he turned around, clearly flustered. Forcing a smile, I reached over and gently put my arm around his shoulders.

"Look, see the ad balloons over there?"

"Yeah," he said, his voice barely audible. Beyond the sooty smokestacks and blackened buildings, in the direction of Ueno Park, two or three balloons hung in mid-air, their banners dangling beneath them. Suddenly, I was filled with compassion for

것이었다.

드디어 토요일이 왔다. S 협회 아동부의 100여 명 아이들은 기쁨에 설레면서 줄을 짓고 우에노 역을 떠났으나 역시 그 시간이 될 때까지 야마다는 보이지 않았다. 그러나 조금 후 옥상에 볼일이 있어서 올라간 나는 놀라지 않을 수 없었다. 빨래를 말리는 옥상의 기둥에 기대어 선 야마다 하루오가 멀어져가는 아이들의 행렬을 바라보고 있었던 것이다. 나는 어쩐지 눈시울이 뜨거워졌다. 인기척 소리에 돌아다본 그는 몹시 당황해하는 것 같았다. 나는 억지로 웃음을 지으면서 뒤에서 살며시 그의 어깨를 안아주었다.

"자, 저기 봐라, 기구가 떠 있지."

"응." 그는 꺼져 들어가는 소리로 말했다. 그을음이 낀 굴뚝들과 거뭇거뭇한 건물들 너머 저 멀리 우에노 공원[6] 부근에 두세 개의 광고용 기구가 꼬리를 끌며 떠 있었다. 나는 문득 그를 따뜻이 위로해 주고 싶었다.

"얘, 하루오. 이제부턴 선생님도 한가하니 함께 우에노라도 갈까?" 소년은 올려다보면서 벌쭉 웃었다.

"그럼 가자. 선생님은 학교에 볼일도 있으니 마침 잘됐다."

the boy beside me.

"Hey, Haruo, I'm free right now—do you want go to Ueno with me?"

The young boy looked up and smiled sweetly.

"Great, let's go," I said. "This is perfect 'cause I have something to do at school anyway."

I didn't have anything to do there, of course. Was I so afraid of opening up to Yamada that I needed to lie like that?

"Really?" His eyes widened. "You go to the Imperial University?" He was obviously shocked. "They accept Koreans too?"

"Sure, they'll accept anybody. As long as you pass the test..."

"Liar. That's not what my teacher said. He called this kid a good-for-nothing Korean and told him he ought to be grateful just for being let in to elementary school."

"Wow, I never knew there were teachers who said such things. Did the student cry?"

"Cry? No way."

"I see. What's this kid's name? Bring him by sometime."

"I don't want to." He got skittish. "I made it up, okay?"

학교에 볼일이 있다는 것은 물론 거짓말이었다. 이렇게까지 마음에 없는 말을 할 정도로 속으로 야마다를 꺼리면서 나는 왜 체면을 차리고 있는 것일까?

"아니!" 소년은 눈을 크게 떴다. "선생님도 제국대학이 나요?" 그는 정말로 놀란 것이 틀림없었다. "조선 사람도 넣어주나요?"

"그야 누구나 다 넣어주지. 시험만 잘 치면……."

"거짓말이에요. 우리 학교 선생님이 다 말해 주었어요. '요 조선놈, 될 수 없구만. 소학교에 넣어준 것만 해도 고맙게 생각해라' 하고."

"어, 그런 말을 하는 선생님도 있나. 그래서 학생이 울었나."

"울 게 뭐예요. 울지 않아요."

"그래 그 애 이름이 뭐냐? 한번 선생님한테 데려오너라."

"싫어요." 그는 다급하게 말했다. "없어요, 없어요."

"우스운 소리를 하는구나."

"누구한테도 하지 않았어요. 말하지 않았어요."

그는 흥분해서 제 말을 취소했다. 정말 이상한 아이로구나 하고 나는 생각했다. 마침 그와 거의 동시에 나에

38

"You're a funny one, you know."

"Don't tell anyone, okay?"

He quickly took back what he said. What an odd kid, I thought. Then it hit me: maybe *he* was that Korean kid. I stared at his face in disbelief. He put on a poker face and drew back cautiously. Then he bolted down the stairs, shouting, "Hold on, lemme get my hat."

Quietly shaking my head, I started down after him.

By the time I reached the last flight of steps, near the front door, I knew something was wrong. Solemnly huddled together, doctors and nurses from the medical clinic and men from the cooperative association were carrying in a shabbily dressed woman from a car parked out front. After that, I saw Yi, the apprentice driver, rush in, his face looking terribly upset and his shoulders heaving as he caught his breath. The woman's head was covered in blood and lolled backward. Haruo walked a short distance alongside her, trembling from head to toe, but froze when he spotted me. I rushed up to Yi and anxiously asked what had happened. "Her husband cut her face with a knife!" he shouted, grinding his teeth.

게는 혹시 이 애가 조선 아이가 아닌가 하는 생각이 느닷없이 떠올랐다.

나는 놀란 듯이 그의 얼굴을 뚫어지게 쳐다보았다. 표정이 굳어진 그는 경계하듯이 뒷걸음질을 쳤다. 그러고는 별안간 계단을 뛰어 내려가며 소리쳤다.

"내 가서 모자 쓰고 와요."

나는 조용히 머리를 끄덕이며 계단을 내려갔다.

그러나 나는 현관 가까이까지 내려갔을 때 밑에서 심상치 않은 일이 벌어졌다는 것을 알았다. 숨을 죽이고 밀치락달치락하면서[7] 의료부의 의사와 간호부와 구매 조합의 사나이들이 현관 앞에 옆으로 세워 놓은 자동차에서 차림새가 초라한 한 여인을 의료부로 날라가고 있었다. 그 뒤로 자동차 조수인 이 군이 몹시 흥분한 듯 어깨로 숨을 몰아쉬며 들어오는 것이 보였다. 피투성이 된 여인의 머리는 힘없이 뒤로 젖혀졌다. 하루오가 그 옆에서 부들부들 떨며 두세 걸음 따라왔으나 나를 보자 흠칫하고 서버렸다. 나는 얼른 이 군한테 다가가서 어떻게 된 일이냐고 걱정스럽게 물었다. 그러자 그는 이를 갈며 부르짖었다.

"남편이 칼로 머리를 찔렀습니다." 의료부의 문 앞에

Some people standing gabbing by the door to the medical clinic turned toward Yi in shock. "That woman is Korean," he continued. "Her husband's mainland Japanese. And bad to the bone." Just as Yi was about to wipe his neck with a handkerchief, he spotted Yamada Haruo—standing dazed nearby—and lunged at the young boy with terrifying speed.

"This is the kid. His old man did it!" he yelled, twisting the boy's wrist and sputtering, "This kid's, this kid's!" as though he'd caught the criminal himself. Overcome by emotion, Yi's voice had changed to a sob.

Letting out an agonizing cry, Yamada shrieked, "You're wrong! My mom's not Korean. You're wrong!"

Some men entered the fray and finally pulled the two apart. I was completely stunned. Enraged, Yi rebounded and kicked the boy in the back with all his might, sending Haruo reeling into my arms. The boy burst into tears.

"I'm not Korean! I'm not! Tell him, Mr. Minami."

I held his body tight. Burning, hot tears welled up in my eyes. I couldn't blame Yi for his reckless outburst, but I also sympathized with the young boy for screaming in pain. I felt like I might pass out right there. Once the old housekeeper led Yamada

서 떠들고 있던 사람들이 모두 놀라서 이쪽으로 돌아다
보았다.

"저 여인은 조선 사람입니다. 남편은 일본 사람인데
그야말로 무서운 악당이오."

이 군은 손수건으로 목덜미를 닦으려고 하다가 문득
곁에서 어물거리고 있는 야마다 하루오를 발견하자 무
서운 기세로 소년에게 접어들었다.

"바로 이놈이오. 이놈의 애비요."

그는 야마다의 손목을 잡고 팔을 비틀면서 마치 범인
이라도 체포한 것처럼 "이놈의, 이놈의……" 하고 입에
거품을 물고 부르짖었다. 그 목소리는 너무도 흥분한
나머지 울음소리로 변하고 있었다.

야마다는 몹시 고통스러운 듯 비명을 올리며 "아니에
요, 아니에요" 하고 울부짖었다. "조선 사람 따위는 우리
어머니가 아니에요. 아니에요, 아니에요."

사나이들이 달려들어 겨우 그들을 떼어 놓았다. 나는
그저 망연히 서 있었던 것이다. 격노한 이 군은 다시 달
려들어 야마다의 잔등을 힘껏 걷어찼다. 하루오는 비칠
거리면서 나에게 안기자 앙— 하고 울음을 터뜨렸다.

"난 조선 사람 아니에요. 나는, 조선 사람 아니에요.

away to safety, the situation finally seemed to be under control. Yi, meanwhile, continued his public tirade.

"His old man's a no-good gambler, I tell you. He just got home from prison the other day. You have no idea how hard it was on his poor, starving wife while he was in there. I know 'cause she used to come by all the time—bein' neighbors for so long, you know—and we always gave her something to eat. But when that lousy son-of-a-bitch got out of prison and heard that his wife had been coming by my place, he beat her up real bad. It's all my fault, it's all my fault..."

He blew his nose loudly. A person came out from the clinic and told us to keep it down. Leading Yi to a spot not far away, I asked him, "So you know Yamada Haruo's family?"

"'Course I do," he said angrily. "The kid lives in the lowlands behind the station."

"I see... she was hurt pretty bad, huh? I wonder why her husband attacked her for visiting your house."

He clenched his teeth.

"Tha...that's because my mother wears Korean clothes. He told his wife to stay away from Kore-

그렇지요, 선생님."

나는 그의 몸을 꼭 껴안아 주었다. 나의 두 눈에는 핑
— 하고 뜨거운 것이 고였다. 자포자기한 듯 자제력을
잃고 덤벼든 이 군의 행동이나 이 소년의 애처로운 부
르짖음이나 나는 어느 쪽도 나무랄 수 없는 심정이었
다. 그 자리에 풀썩 쓰러질 것만 같았다. 식모할머니가
야마다를 데려가자 겨우 그 자리가 수습이 되었다. 이
군은 여러 사람 앞에서 고함을 지르듯이 말했다.

"저 자식의 애비는 사람 축에 못 드는 도박꾼이오. 요
전날 감옥에서 나왔소. 그새 저 불쌍한 여인은 제대로
먹지도 못하고 얼마나 고생을 했는지 모르오. 그동안
이웃사촌이라고 우리 집에 와서 밥을 얻어 가곤 했지
요. 그런데 그 악당놈은 감옥에서 나오자 제 여편네가
우리 집에 다녔다고 심한 고문을 들이댔단 말이오. 살
지 못할거요. 이젠 살지 못할거요."

그는 헝 하고 코를 풀었다. 의료실에서 사람이 나와
조용하라고 말하였다. 나는 이 군을 좀 떨어진 곳으로
데리고 가서 물었다.

"야마다 하루오의 집을 알고 있지요?"

"알고 말고 할 게 없지요." 그는 쾌씸한 듯이 말했다.

ans. Fucking idiot. Who does that ex-con think he is? Ain't nothing more than a half-breed anyway."

Then, as if directly confronting the man, Yi yelled, "Mark my words, you son-of-a-bitch. If I ever lay eyes on you, consider yourself dead. Fuckin' Hanbei."

"Did you just say Hanbei?" I replied in dismay.

"That's right." He gasped for breath as he spoke. "He's an awful guy... a heartless man... well, this time you've gone too far, bastard! I'm gonna have you charged with trying to kill your wife."

"Hanbei," I again muttered out loud. One thing was certain: it was a name I had heard before.

"Hanbei, Hanbei." I said his name over and over, but my mind just ran around in circles. For the life of me, I couldn't remember who he was.

Just then, Dr. Yabe came out, so we ran over to him and asked how things were going. According to him, the stab wound wasn't life-threatening but was still serious enough to require a month of hospitalization. So, for now, we'd have to wait until she came to and then transfer her to another hospital. When he heard this, Yi's face blanched, and his voice trembled as he explained that a hospital stay was out of the question since her husband was

"그놈은 정거장 뒤 진펄에서 살고 있습니다."

"그래요? 아주 지독하군요. 어째서 그 댁에 다녔다고 해서 그런 짓을 했을까요?"

그는 이를 악물었다.

"그, 그건 우리 어머니가 조선옷을 입고 있기 때문이죠. 그래서 조선 사람의 집에 가지 말라고 했던 겁니다. 흥, 같잖게 거들거리긴…… 그 머저리 같은 놈. 전과자인 그놈이 뭔지 압니까. 혼혈아랍니다." 그러고는 눈앞에 상대가 있는 것처럼 목소리를 높였다. "개자식 기억해 둬. 한 번이라도 만나기만 하면 네놈의 모가지를 뽑아놓고야 말테다. 야, 이 한베에놈아!"

"뭐, 한베에?"

"그렇습니다." 그는 숨을 몰아쉬며 말했다. "형편없는 악당입니다. 잔인한 놈이지요. 흥…… 하지만 이번엔 내가 가만두지 않을 테다 개자식! 여편네 죽인 살인죄를 지우고 말테다."

"한베에."

나는 다시 중얼거렸다. 아무리 생각해 보아도 그것은 귀에 익은 이름이었다.

"한베에, 한베에." 나는 몇 번이나 뇌어 보았지만 기억

Hanbei, a ne'er-do-well without a penny to his name. Wanting to help out, Yi begged the doctor to let her rest there until she recovered.

"Doctor, please, I'll do whatever's necessary, like bringing her rice gruel, whatever it takes. Please..."

In practice, though, this so-called medical clinic was nothing more than a place where two or three volunteer doctors came during the day to help with simple treatments; it was not equipped to handle patients with serious injuries. Yabe turned to me with a sad look on his face and asked what I thought we should do. I suddenly remembered Dr. Yun at nearby Aioi Hospital and decided to call him for help. A kind of relief hospital for the needy, Aioi offered a variety of benefits for Koreans, presumably because it was funded by the hard-earned money of Korean laborers. As luck would have it, the hospital had an empty bed, so the matter was settled. Once again, the woman was carried out. Her head and face were buried underneath layers and layers of white bandages. She looked miserable, like a dragonfly stripped of its wings. Under our supervision, she was carried down an alley to where the ramshackle Aioi Hospital stood. She was barely conscious as they lifted her onto the operat-

속에서 뱅글뱅글 돌아갈 뿐 생각나지 않았다.

이때 의사인 야베 군이 나왔기 때문에 우리들은 그를 둘러싸고 경과를 물었다. 그의 말에 의하면 생명은 위험한 것 같지 않지만 아무튼 심하게 찔린 상처여서 한 달은 입원치료를 받아야겠으니 이제 의식을 회복하면 다른 병원으로 옮겨야 한다는 것이었다. 이 말을 듣고 얼굴이 창백하게 질린 이 군은 목소리를 떨며 남편이 아무튼 동전 한푼 없는 알건달 한베에이기 때문에 입원 같은 건 가망이 없으니 살려주는 셈치고 나을 때까지 제발 여기 누워 있게 해달라고 사정하였다.

"선생님 부탁입니다. 죽이랑 내가 가져오겠습니다. 선생님……."

그러나 사실에 있어서 뜻있는 의학자 두세 명이 낮에 와서 간이치료에 종사하는 정도에 지나지 않는 의료부는 중상환자를 입원시킬 만한 곳이 못 되었다. 그래서 야베 군도 암연히[8] 고개를 비틀며 나에게 어떻게 하면 좋으냐고 묻는 것이었다. 나는 이내 가까운 곳에 있는 상생병원의 윤 의사가 생각나서 전화로 부탁해 보자고 하였다. 상생병원은 빈민구제의원이라고 말할 수 있는 것인데 자금이 조선인 노동자들의 가난한 주머니에서

ing table. She seemed to moan a few words, but I couldn't make out what they were. Her body was small and fragile. The blood had drained from her fingertips, leaving them as pale as wax. Beside her, Dr. Yun was preparing an assortment of surgical instruments as he listened to Yabe's explanation. When I noticed them starting to unwrap her bandages, I quietly slipped from the room.

Outside, the sky was looking more and more ominous. The wind picked up, sending shudders through the leaves of a wisteria trellis.

Neither Hanbei nor Haruo showed up at the hospital.

3

By nightfall it was pouring rain. As the wind got stronger and stronger, the rain intensified, coming down in buckets. The windows rattled, and the lights flickered on and off. None of the children had shown up. The only activity was a math class quietly underway on the second floor.

I was down in the dining hall with some fellow teachers and the old housekeeper, all of us worrying about the children who had gone to the moun-

나오는 것만큼 조선 사람에게는 여러 가지 특전이 있었다. 마침 비어 있는 침대가 있어서 일이 순조롭게 낙착되었다. 이윽고 여인은 다시 밖으로 들려 나왔다. 이제는 머리와 얼굴에 하얀 붕대가 여러 겹으로 두텁게 감겨 있었다. 마치 날개가 떨어진 잠자리처럼 비참했다. 그 여자는 우리들의 호위를 받으며 골목길이 끝나는 곳에 있는 상생병원으로 옮겨졌다. 수술대에 눕혀 놓았을 때 조금밖에 의식이 없는 것 같았다. 여인은 두세 마디 신음 소리를 낸 것 같았으나 똑똑히 알아들을 수 없었다. 체소[9]하고 가냘픈 여자였다. 밀랍처럼 창백한 손끝을 보면 피가 통하지 않는 것 같았다. 수술대 옆에 선 윤 의사는 야베 군의 말에 귀를 기울이면서 여러 가지 의료기구를 준비하고 있었다. 나는 그들이 다시 그 여자의 붕대를 풀기 시작하자 그 방에서 나왔다.

밖에 나오니 날씨가 점점 사나워지고 있었다. 바람이 일었다. 등나무잎이 세차게 흔들리고 있었다.

병원에는 한베에도 하루오도 나타나지 않았다.

tains. But I was still reeling from what had just oc-
curred, and I couldn't get the incident out of my
mind. That's not to say that I was trying to make
sense of the whole affair. I think I was too afraid to
confront it. I just wanted to cover my eyes.

Just then, a ferocious gust of wind hit the building
with a howl and an ominous boom, like the sound
of the kitchen door being blown open. We all
jumped and caught our breath. The old house-
keeper, who had gone to take a closer look, let out
a scream and backed away from the door. Rushing
over, I found the door knocked down and Yamada
Haruo standing there, petrified, in the rain and
wind. A sudden flash of lightning made him shim-
mer like a ghost.

"Haruo, what happened to you?!" I asked, carry-
ing him back inside. I took him straight up to my
room on the second floor. Too shocked to say any-
thing more, I removed his drenched garments,
dried him off with a towel, and lay him down on my
bedding. He was shivering all over. I gave him
some hot tea, which he gulped down by the cupful.
When at last he regained some of his energy, he
looked up at me sadly. I felt myself begin to melt
inside as something warm and comforting filled my

3

저녁 무렵이 되자 비가 억수로 쏟아졌다. 바람도 더욱
더 사나워졌다. 창문이 덜커덕거리고 전등불이 껌벅거
렸다. 아이들은 한 명도 오지 않았다. 다만 2층에서 수
학 수업이 조용히 진행되고 있을 뿐이었다.

나는 식당에서 식모할머니며 두세 명의 동료들과 함
께 야영 간 아동부의 아이들을 걱정하고 있었다. 그러
나 나의 뇌리에는 조금 전에 일어난 사건이 준 충격이
늘어붙어 도무지 떨어지지 않았다. 그런데 나는 어째서
인지 그 일을 진지하게 깊이 생각해 보려고 하지 않았
다. 나 자신이 두려움에 압도되어 있었는지도 모른다.

세찬 바람이 불어와서 요란하게 울부짖었다. 쾅! 하고
부엌문이 날아나는 듯한 소리가 무시무시하게 울려왔
다. 모두들 와뜰[10] 놀라 숨을 죽였다. 문 쪽으로 다가간
할머니는 악! 하고 비명을 올리며 뒷걸음질쳤다. 달려
가서 보니 문짝은 넘어졌는데 비바람 속에 야마다 하루
오가 버티고 서 있었다. 때마침 번갯불이 번쩍하자 그
는 유령처럼 전율하고 있는 것 같았다.

"웬일이냐? 하루오."

heart. What, I wondered, brought this young boy here in the midst of such a storm?

"Did you go by the hospital?"

His mouth twitched imperceptibly, and then he burst into a long, drawn-out sob.

"Come on, silly, don't get teary on me now."

"You're wrong. I didn't go to the stupid hospital. I didn't!"

"Okay, okay." My voice was hoarse. "Let's forget about it."

"Okay."

He seemed relieved and nodded quickly. Looking nice and warm, he stretched out under the quilt and happily shrugged his shoulders. To me, it was the most touching sight in the world. His eyes sparkled, and his lips shone with a cute smile. He seemed to trust me with all his heart. I knew something this beautiful was hiding somewhere in his heart. Was I right to wonder why only this young boy was missing the instinctive love for one's mother? No doubt his love for her had merely been warped. I pictured a woman, Korean just like me, tormented and despised by her neighbors. Then I imagined a young boy, of both mainland Japanese and Korean blood, and the tragic estrangement of

나는 그를 껴안고 들어왔다. 그리고는 곧장 2층의 내 방으로 올라갔다. 무엇이라고 말할 수 없는 심정이었다. 흠뻑 젖은 옷을 벗기고 수건으로 몸을 씻어준 다음 침상에 눕혔다. 그의 몸은 부들부들 떨고 있었다. 뜨거운 차를 주니 여러 잔을 꿀꺽꿀꺽 마셨다. 그러고는 좀 기운이 나는지 슬픈 표정으로 나를 올려다보았다. 나는 어쩐지 가슴이 탁 틔는 듯한 따뜻하고 절절한 것을 느꼈다. 이 소년은 또 어떤 일이 생겼기에 폭풍우가 휘몰아치는 밤중에 찾아온 것일까.

"병원에 갔다오는 길이냐?"

그는 입귀를 실룩거리더니 흑 하고 울기 시작하였다.

"못난이처럼 울긴."

"아니에요. 병원엔 가지 않겠어요. 가지 않겠어요."

"괜찮아." 나의 목소리는 갈렸다. "괜찮다니까."

"응."

그는 곧 안심한 듯이 고개를 끄덕였다. 그러고는 훈훈하게 더운 이불 속에 다리를 펴며 목을 움츠려 보였다. 나에게는 그것이 각별히 애처롭게 보였다. 그는 눈을 번뜩이며 입가에 방긋 미소를 지었다. 나에게 완전히 속을 주었다는 뜻일 것이다. 나는 그의 내면 세계에도

those two diametrically opposed elements within him. I guess he was torn between an unconditional devotion to something paternal and a blind aversion to anything maternal. Growing up on such mean streets must have prevented him from indulging in the world of his mother's affections. He couldn't even embrace her in public. And yet underneath his blind aversion to the maternal, he seemed to have a soft spot for his mother after all. I could sort of understand his urge to blurt out "Korean, Korean!" every time he saw a Korean. But if he suspected that I was Korean from the moment he laid eyes on me, why did he follow me around all the time? Surely, it was out of fondness for me. Or perhaps it was an unconscious nostalgia for something maternal. In that case, it must be a warped expression of love for his mother redirected at me. Maybe that's the real reason why he came to my place instead of visiting the hospital. Why did he feel like visiting me, not her? Such thoughts filled me with an indescribable sadness. But I put on a happy face and rubbed his bristly head. "Shall we go to the hospital where your mom is?" I asked.

He shook his head sadly.

"Why not?"

이런 아름다운 것이 숨어 있는 게 틀림없다고 생각했다. 어머니에 대한 본능적인 애정만 해도 그렇다. 어째서 이 소년에게만 그것이 결여되었다고 생각할 수 있겠는가. 그것은 다만 이지러진 데 지나지 않는다. 나는 이웃 사람들로부터 수모받고 배척당하고 있는 동족의 한 여인을 상상했다. 그리고 일본 사람의 피와 조선 사람의 피를 받은 한 소년의 내부에서 조화되지 않는 이원적인 것이 분열되고 있는 비극을 생각했다. '아버지의 것'에 대한 무조건적인 헌신과 '어머니의 것'에 대한 맹목적인 배척, 그 둘이 언제나 서로 싸우고 있을 것이다. 더욱이 몸을 빈궁 속에 잠그고 있는 소년이고 보면 순진하게 어머니의 애정 세계에 젖어들 수 없게 제지당한 것이 틀림없다. 그는 내놓고 어머니의 가슴에 안길 수 없다. 그러나 '어머니의 것'에 대한 따뜻한 숨결은 맥박치고 있을 것이다. 그가 조선 사람을 볼 때마다 거의 충동적으로 목소리를 높여 조선 사람, 조선 사람 하고 말하지 않을 수 없었던 심정을 나는 어렴풋이나마 이해하게 되었다. 하지만 그는 나를 본 첫 순간부터 조선 사람이 아닌가 하고 의심을 품으면서도 내내 나를 따라다니지 않았는가. 그것은 확실히 나에 대한 애정일 것이다.

He didn't respond.

Little by little, the storm seemed to be quieting down. The light rain came in spurts, beating against the eaves. I opened the window and gazed out at the clearing sky. Far to the north, two or three stars even shone from between the scattered clouds.

"It's clearing up, you know. How about we go pay your mom a visit?"

There was no response. I saw that he had pulled the quilt up over his head.

"Did your dad go?"

"You gotta be kidding," he said, somewhat obstinately, from under the quilt.

"What kind of dad is that? Your poor mom."

"—."

"So you're going back to your dad? I bet he's sitting at home worried sick about you."

"—." He poked his head out of the quilt and made a long face. "I'm fine right here."

"Uh, okay...," I said, somewhat sheepishly. "You're welcome to stay here, it's just that..."

Suddenly the hallway burst into noise; apparently, the math class had let out. Before long, there was a knock on the door, and Yi showed up, looking despondent. When he saw Yamada lying there,

'어머니의 것'에 대한 무의식적인 그리움일 것이다. 그리고 그것은 나를 통해서 어머니에 대한 사랑을 보여주는 하나의 굴절된 표현임에 틀림없다. 사실 그는 어머니가 누워 있는 병원으로 찾아갈 대신 나 있는 곳으로 왔는지도 모른다. 어머니를 찾아가는 심정과 무엇이 다르겠는가. 이렇게 생각을 이어 나가던 나는 비길 데 없는 슬픔에 잠겨 밤송이 같은 그의 머리를 쓰다듬어 주면서 억지로 웃음을 지으며 "어머니 계시는 병원에 갈까?" 하고 물어보았다.

그는 슬픈 듯이 머리를 저었다.

"어째서?"

그는 대답하지 않았다.

폭풍우도 차츰 가라앉기 시작한 모양이다. 이따금 생각난 듯이 가랑비가 처마를 두드리고 있다. 나는 창문을 열고 오래지 않아 개일 것 같은 하늘을 바라보았다. 멀리 북쪽 하늘의 찢어진 구름짬[11]에서 둘 셋 별들이 반짝이고 있었다.

"이젠 개일 것 같다. 얘 이제 함께 가보지 않겠니?"

대답이 없다. 돌아다보니 그는 이불을 뒤집어쓰고 있었다.

though, his face quickly hardened in anger. A bit urgently, I suggested we talk outside and led him out into the hall.

"So, Teacher, I see you've chosen to bribe the boy," he fumed, "to avoid being called a Korean."

"Enough of your insults!" I snapped, unsure quite why. I must have been upset by his intrusion.

"The boy showed up in the middle of this rain-storm, okay? Plus, he has no place to go home to."

"Who did you say has no place to go home to? Don't you mean that poor woman? You should send that little runt back to his old man. Damn that scoundrel." Then he dropped to his knees, sobbing desperately. "Why don't you have any sympathy for that poor woman? You couldn't care less what happens to her..."

"Please, stop it," I begged. My voice was shaky. I couldn't think straight.

"Teacher..."

"Knock it off!" I cried out in agony. I felt like I was losing my mind.

He staggered away. I slumped against the wall like someone who'd just been through a violent fight.

Of course, I told myself that Yi's naïveté was un-

"아버진 가 보았나?"

"갈 게 뭐예요." 그는 이불 안에서 반항하듯이 말했다.

"이상한 아버지로구만. 어머니가 가엾지 않은가."

"……"

"그러니까 아버지한테는 가겠단 말이지. 아버지가 집에서 걱정하고 있을 게다."

"……"

얼굴을 내민 그는 토라진 듯한 눈길로 말했다.

"난 여기 있어도 괜찮아요."

"그건, 글쎄……" 나는 갈피를 잡지 못하고 할 수 없다는 듯이 말했다. "여기도 괜찮지만……"

마침 수학 수업이 끝난 듯 복도가 소란해지기 시작했다. 잠시 후 이 군이 문을 두드리고 맥없이 들어서다가 누워 있는 야마다를 보았다. 순간 이 군의 표정이 굳어졌다. 나는 약간 당황한 기색으로 밖에 나가 이야기하자고 하면서 복도로 데리고 나갔다.

"선생님은 조선 사람으로 불리는 게 난처해서……" 하고 그는 욕을 퍼붓듯이 부르짖었다. "저 자식을 자기품에 끌어안는단 말이오?"

"무례한 소리 마오!" 나는 어찌된 일인지 발끈 성이 나

derstandable; I had gone through a similar stage in my life once, too. But the next instant, I remembered that my current name was Minami, a fact that reverberated through my entire body like the peal of an electric bell. Instinctively, I scrambled to think of my usual array of excuses. But it was pointless.

"You hypocrite. You're at it again, I see," said a voice inside my head. "Now that you can't hold out much longer, you're starting to lose your nerve, aren't you?

I was stunned, but I shot back scornfully, "Why am I always vowing never to be a coward, never to be a coward? Doesn't that just prove I'm knee-deep in cowardice already...?"

But I didn't have the courage to finish my sentence. Until then, I'd always believed I was a mature adult. I wasn't warped like a child, I told myself, nor was I madly pursuing XX[1] like young people. Or was I perhaps just lounging around, paralyzed by fear? This time the voice in my head drew closer, saying: you claimed you didn't want anything to come between you and those innocent children, but when it comes right down to it, how are you any different from the Korean who visits an oden stand and desperately tries to conceal his real

서 소리쳤다. 나는 분명 그의 출현에 당황했던 모양이
다.

"야마다는 사나운 비바람 속에서 찾아왔소. 그리고 돌
아갈래야 돌아갈 데가 없소."

"누가 돌아갈 곳이 없다는 겁니까? 그 불쌍한 아주머
니야말로 정말 돌아갈 데가 없습니다. 저 자식은 제 애
비한테 가면 돼요. 아, 저주를 받아라 악당놈!" 그러고는
갑자기 맥이 빠진 그는 애원하듯 흐느꼈다.

"어째서 선생님은 불쌍한 아주머니를 동정하지 않습니
까. 그 가련한 아주머니에 대해서 생각하지 않습니
까……." "제발 그만하오." 나는 사정하듯이 말했다. 나
의 목소리는 떨렸다. 어떻게 해야 좋을지 머리가 뗑해
서 알 수 없었다.

"선생님……."

"그만 하지 않겠소!" 나는 별안간 단말마의 모지름[12]
을 쓰듯 소리를 질렀다. 미칠 것만 같았다.

그는 허둥지둥 사라졌다. 나는 격투라도 한 사람처럼
매시근해서 바람벽에 기대었다.

물론 나는 순진한 이 군의 행동을 이해할 수 있었다.
지난날 나 자신이 그런 시기를 거쳐왔기 때문이다. 하

identity? At that point, in self-defense you might say, I tried to beat Yi at his own game. In that case, I argued, how the hell are you any different from the man at the oden stand who yells, "Hey everybody, I'm Korean!" the minute he gets sentimental or passionate about something? Ultimately, there's no difference between you and Yamada Haruo bawling that he's not Korean, is there? I watch those light-haired Turkish kids sparring and playing other innocent games with our kids. But why is Haruo, with his Korean ancestry, always the one left out? I knew the answer all too well. After all, whenever I've thought about being Korean in this country, I've had to build a wall around myself. Honestly, I'm sick and tired of this charade.

I stood there in a daze for some time. Yi was long gone; I'd been arguing with myself. I stumbled back to my room.

The room was bathed in shadows. I approached Haruo's bedside. Suddenly my eyes widened in surprise. Curled up like a shrimp, Yamada Haruo was fast asleep, his head resting on his right arm and his eyelids half-open. Without thinking, I covered my mouth and held back a gasp.

"Why... it's Hanbei's kid!" Now I remembered—it

지만 다음 순간 자기가 현재는 미나미라는 성으로 불리고 있다는 사실이 전기종[13]처럼 오관 속에 울려 퍼지는 것을 느꼈다. 그래서 나는 놀란 듯이 언제나 하는 버릇대로 여러 가지 구실과 이유를 생각해 내려고 하였다. 그러나 이제는 소용이 없었다.

"위선자, 너는 또 위선을 부리자는 거지." 문득 누군가의 목소리가 나의 귓전에서 울리는 것만 같았다. "너는 지금도 완강하게 뻗치지 못하고 비굴해지고 있지 않는가."

깜짝 놀란 나는 업신여기듯이 자신에게 따져 물었다.

"어째서 나는 언제나 비굴하지 않겠다, 비굴하지 않겠다 하고 숨가쁘게 씨근거리지 않으면 안 되는가. 그것이 오히려 비굴의 진창에 발을 들이밀기 시작했다는 증거가 아닌가……."

그러나 나는 끝까지 따져볼 용기가 없었다. 지금까지 나는 자기가 어른이 다 된 것으로 생각하고 있었다. 아이들처럼 마음 비뚤어지지도 않았으며 젊은이들처럼 광적으로 ××하지도 않았다고. 그렇다면 나는 왜 안이하게 비열을 짊어진 채 앉아 뭉개고 있단 말인가. 나는 자기 자신에게 대들었다.

was Hanbei's face, the one that had flickered before my eyes but had eluded me until then. "It's Hanbei's kid!"

I was bowled over. Ahh, what a coincidence. How long had I spent watching Hanbei sleep just like this? Now his kid was sleeping right beside me. He looked just like his father, from the way his mouth lolled open to the dark rings around his big eyes, like those of an old man. Actually, Hanbei and I shared the same prison cell for over two months. Just thinking about him sent shivers up and down my spine—all the more so because I loved Haruo so much. For a split second, I had a frightening premonition: what if weird little Haruo ends up just like his father? The thought made me shudder.

It was last November, as I recall. That's when I met Hanbei in jail at M Police Station. At first he sidled up to me, grinning from ear to ear. He was a creepy man with big, bashful eyes set into a wrinkled and elongated face. By gosh, I thought, he's Korean.

"Hey you! Gimme your shirt!" he demanded, clawing at the buttons on my Western-style outfit. I was a bit tense, so I roughly brushed him away and sat down in the corner. With wary, watchful eyes,

너는 저 깨끗하고 순결한 아이들과 조금도 간격을 두고 싶지 않았기 때문이라고 하였다. 그러나 결국 꼬치안주집에 와서 자기를 줄곧 숨기려고 하는 조선 사람과 무엇이 다르단 말인가! 그래서 나는 항변을 하기 위해서 그러는 것처럼 이 군의 말을 들이대려고 하였다. 그렇다면 일시적인 감상이든 격정이든 '나는 조선 사람이다. 조선 사람이다' 하고 외쳐대는 꼬치안주집의 사나이와 너는 도대체 무엇이 다르단 말인가. 그것은 또 자기는 조선 사람이 아니라고 외쳐대는 야마다 하루오의 경우와 본질적으로 아무런 차이도 없지 않은가. 나는 머리 색깔이 다른 토이기[14] 사람의 아이까지 여기 아이들과 씨름을 하면서 천진난만하게 노는 것을 본다. 그런데 어째서 조선 사람의 피를 받은 하루오만은 그럴 수 없는가? 나는 그 까닭을 너무도 잘 알고 있다. 그러므로 나는 이 땅에서 조선 사람이란 것을 의식할 때는 언제나 다른 사람들을 경계하지 않으면 안 되었다. 그렇다. 확실히 나는 지금 자기 혼자 옥신각신하다가 지쳐버렸다.

나는 잠시 동안 그 자리에 망연히 서 있었다. 벌써 이 군은 거기에 없었다. 나는 비칠거리며 자기 방으로 돌

the other inmates stared back and forth at us.

"Just who do you think you are?" He stepped forward, choosing his words carefully. "Don't underestimate me, you fuckin' Korean."

He rolled up his sleeves. Just then, a guard walking down the corridor peered in through the window grille and barked, "Yamada, sit down!" When I heard that, I realized for the first time that Hanbei was mainland Japanese.

Hanbei bared his teeth in a grin before quietly returning to his seat. Then he casually took his coat and hung it on the wall so that no one could see in. Afterward, he acted all innocent. For a coat hook, he had broken a chopstick from a box of rations and jammed it in the wall like a nail. I almost burst out laughing but finally managed to control myself. A pint-sized fellow with a scruffy beard happened to be dozing right beside Hanbei. Out of the corner of his eye, Hanbei caught the man beginning to topple over toward him and delivered a swift blow to the man's head with his gnarled fist. Then he glared at the guy with a formidable look. That evening, he didn't hand me my box of rations. Instead, he wolfed down the food by himself. Even now I feel I can see what he looked like at that moment.

아왔다,

　방 안은 컴컴하였다. 나는 하루오의 침상 곁에 다가갔다. 그때 나는 깜짝 놀라 눈이 둥그래졌다.

　오른팔을 베고 한 절반 눈을 뜬 채 새우처럼 몸을 꼬부리고 누워 있는 야마다 하루오의 잠든 모습. 나는 저도 모르게 입에다 손을 대며 터져 나오는 말을 씹어 삼켰다.

　'아, 한베에의 아들이다!' 마침내 나는 생각해 낸 것이었다. 지금까지 눈앞에 얼른거리면서도 머리에 떠오르지 않던 한베에. '한베에의 아들이다!'

　나는 기절할 정도로 놀랐다. 아, 이것은 또 어찌된 일인가. 나는 이런 모양으로 자고 있는 한베에를 얼마나 오랫동안 보아왔는지 모른다. 헤— 하고 벌린 입이며 커다란 눈에 늙은이 같은 그늘이 테를 그리고 있는 것까지 아버지를 닮지 않았는가. 그 아들이 또 똑같은 모양으로 내 곁에 누워 있다. 사실 나는 한베에와 두 달 남짓한 기간 한 유치장에서 살았다. 그를 생각만 해도 등골에 찬물을 끼얹는 것 같다. 그것은 내가 하루오를 몹시 사랑하고 있기 때문이다. 나의 뇌리에는 한순간 이 이질적인 하루오가 마지막에 가서 아버지와 같은 인간

The feeling is akin to that time I watched Haruo eating and suddenly felt Hanbei's name on the tip of my tongue.

He ruled that cell with an iron fist. Everybody feared him, but they also secretly despised him. He lived in fear of the guards and their prying eyes, so he took out his anger on the newcomers and the weaklings instead. He seemed to pride himself on his fierce demeanor and sharp tongue, saying things like: "You listen here. I've been around the block a few times in this town, so don't mess with me, you low-life scum, 'cause you're way outta your league."

Looking around the jail cell, there were a total of six or seven other men who seemed to be in cahoots with him. According to his boasts, they all belonged to the Takada ring, which controlled Asakusa, and had blackmailed a group of famous actors for an enormous sum of money. He spoke like the toughest of the bunch. It was immediately clear to me, though, that he seemed to be called "Hanbei," as in "half-wit," even by his partners in crime. To this day I still don't know his real name. In the meantime, I managed to get used to him and gleaned something about his character. At the same

이 되지 않을까 하는 무서운 예감이 줄달음쳤다. 온몸이 오싹하였다.

돌이켜 보면 내가 M 경찰서 유치장에서 한베에를 만난 것은 지난해 11월이었다. 그때 그는 싱글싱글하면서 나에게 다가왔다. 주름살이 보이는 말상에 커다란 눈이 게슴츠레한 흉물스런 사나이였다. 그러나 나는 아, 조선 사람이구나 하고 생각하였다,

"여! 너의 샤쯔 좀 빌리자."

그는 나의 양복 단추를 벗기기 시작했다. 나는 다소 흥분해 있었기 때문에 간단히 뿌리치고 구석 쪽에 가서 앉았다. 다른 사람들은 모두 무엇인가를 언짢게 기다리는 듯한 눈길로 우리 둘을 번갈아 쳐다보았다.

"이 자식이 치는구나." 그는 정색해서 말했다. "이 조선놈이 나를 잘못 봤단 말이야."

그는 팔소매를 걸어 올렸다. 그때 복도를 걸어오던 간수가 창구멍으로 들여다보며 "야마다, 앉아 있어!" 하고 소리쳤다. 이 말을 들은 나는 그가 일본 사람이란 것을 비로소 알았다.

그는 이빨을 드러내며 벌쭉 웃더니 공손히 자기 자리로 돌아갔다. 그러고는 젓가락을 꺾어 못처럼 벽에 박

time, my seat got closer and closer to his. That's because, in a cell, the older inmates are the ones nearest the door. Eventually, I wound up sitting directly across from Hanbei and sleeping shoulder to shoulder with him. He had warmed toward me by then, but sleeping together was pure torture for me. His breath was unbearably foul, but even worse was the way he noisily scratched his crotch all night long. He admitted to having syphilis, and I wondered if it had already gone to his head. Late one night, he became strangely chummy.

"Whereabouts in Korea you from?" he asked.

"Up north."

"I was born down south." He stole a glance at me to gauge my reaction. Then he gave a muffled snicker. Still, I refused to look surprised.

"Really?"

At that, he bared his teeth.

"It's the truth."

We were whispering all this to each other, of course.

"Got me a Korean girl for a wife, too."

"Oh...?" I couldn't keep my eyes from widening.

He grinned knowingly. I figured he must have some ulterior motive.

은 데다 밖에서 보이지 않도록 옷을 벗어 걸어놓고는 시치미를 뗐다.

나는 갑자기 웃음이 나오는 것을 겨우 참았다. 그때 그의 옆에서 졸고 있던 체소한 털보가 머리를 그에게 의지하려고 하자 그는 별안간 드센 주먹으로 사나이의 머리를 콱 쥐어박았다. 그러고는 무섭게 노한 얼굴로 쏘아보았다. 그날 저녁 그는 나에게 밥을 주지 않았다. 자기만 게걸스럽게 쩝쩝 먹어댔다. 나는 그 순간에 본 그의 모습이 지금도 보이는 것만 같다. 그래서 언젠가 하루오가 식사하는 것을 보고 문득 한베에를 상기할 뻔 했던 것이다.

그는 하나의 비겁한 폭군이었다. 모두들 그를 무서워 하면서도 뒤에서는 몹시 미워하였다. 그는 필요 이상으로 간수의 눈을 두려워하고 있었지만 새로 들어오는 사람이나 약한 사람에게는 아주 난폭한 짓을 하고 있었다. 그중에서도 무서운 기색으로 올러메는 것은 그의 첫째가는 장기에 속하는 모양이었다.

"난 이래봬도 넓고 넓은 에도(도쿄)를 활무대로 돌아다닌 사나이야. 너무 까불지 말어. 너 따위 좀도적하고는 사정이 달라……."

"Did you find her in Korea?"

"What a royal pain in the ass that was. See, I went to this Korean restaurant in Suzaki to bargain with her bosses myself. I told them to hand the girl over or else I'll burn the place down. That scared 'em all right. Their faces turned white, and they let me have her."

He cast me a sidelong glance. Caught for a moment in the light of the early morning moon, his eyes harbored shadows that seemed more ghastly than ever.

The next morning, however, he played dumb, as though to say, "I don't know what the hell you're talking about." He was back to picking on the weaklings and taking away boxes of rations from the newcomers. From that night onward, though, I became more and more suspicious of him. Still, I was convinced he was mainland Japanese, if only because the cops called him Yamada. I wondered if his mother might be Korean, but I never had a chance to find out because the charges against me were dropped, and I was released...

Thus I finally remembered who Hanbei was. How could I have been so slow? I should have known he and Haruo were related, if only from their iden-

유치장의 움직임을 보면 그의 짝패라고 생각되는 자가 예닐곱 명이나 있었다. 그가 을러메는 말에 의하면 그들은 아사쿠사[15]를 세력 범위로 하고 있는 다까다구미[16]로서 유명한 배우들을 공갈하여 많은 돈을 털어낸 것이었다. 그는 자기가 그중에서 제일 용맹한 사람인 것처럼 떠벌렸다. 그러나 어쩐지 그 패거리 중에서 '모자라는 놈'이라는 의미로 한베에라고 불린다는 것을 이내 알 수 있었다. 나는 지금도 그의 본명을 모른다. 시일이 지나자 나는 그에게 익숙해졌으며 그의 본성도 대체로 이해하게 되었다. 그와 동시에 나의 좌석도 점점 그에게 접근해 갔다. 감방 안에서는 오래된 자가 문 쪽으로 접근하게 되어 있었던 것이다. 마침내 나는 한베에와 마주 앉게 되었으며 잘 때는 나란히 눕게 되었다. 그는 이내 내게 대해서 온순해졌으나 그와 함께 자는 것은 나에게 있어서 심한 고통이었다. 그의 입에서 고약한 냄새가 나는 것도 참기 어려웠지만 무엇보다도 고통스러운 것은 온밤 사타구니를 벅벅 긁는 것이었다. 제 입으로 매독이라고 하였다. 나는 그것이 이제는 머리에까지 침습했으리라고 생각하였다. 어느 날 한밤중에 그는 이상하게도 진지한 태도로 나에게 물었다.

tical surnames. From the moment I first saw Yamada Haruo, the image of Hanbei, albeit an indistinct one, must have danced before my eyes. And yet I hadn't realized it was Hanbei. Or perhaps, out of my love for Haruo, I was secretly afraid to admit that it was Hanbei.

"Hanbei," I whispered once more.

By then Haruo was sound asleep. In my mind's eye, the same image floated up again and again: Hanbei's mean, grinning face as he said, "Got me a Korean girl for a wife, too." Just like that, the image superimposed itself onto Haruo's prostrate body. At that moment Haruo seemed to let out a faint groan. I thought I saw his face twitch slightly. Then he rolled over, moaning in his sleep, and opened his eyes in fear.

"What's wrong? Did you have a bad dream or something?" I asked, wiping the sweat from the nape of his neck.

He closed his eyes again and began muttering deliriously.

"My dad says next time he's gonna kill me."

"자네 고향이 조선 어딘가?"

"북쪽이야."

"난 남쪽에서 태어났어."

그는 교활하게 나의 기색을 살폈다. 그러고는 부정하듯이 흥 하고 코웃음을 쳤다. 그러나 나는 애써 놀란 기색을 보이지 않으려고 하였다.

"그런가."

그러자 그는 이빨을 드러냈다.

"정말이야."

물론 이런 말은 둘이 소곤소곤 주고받는 것이다.

"내 여편네도 조선 여자야."

"그래……."

나는 저도 모르게 눈이 둥그레졌다.

그는 정말 통쾌한 듯이 벙글벙글 웃었다. 나는 그에게 어떤 사정이 있는 것이 틀림없다고 생각하였다.

"조선에 가서 얻었나?"

"우습기도 하고 귀찮기도 해. 내가 스사끼[17]의 조선 요리집에 두목과 함께 담판하러 가서 이 여자를 내게 넘겨라, 그러지 않으면 가만두지 않을 테다, 장지문에 불을 지르겠다고 위협했지. 그러니까 놈들이 파랗게 질

4

I, too, spent a restless night with nothing but in-
coherent dreams. When I awoke in the morning,
Haruo was no longer there. He'll be at Aioi Hospi-
tal, I assured myself. It was Sunday, so Haruo ought
to be off from school. Before I knew it, I was stand-
ing at the front door of the hospital, ringing the
buzzer. Luckily, Dr. Yun answered the door and led
me to Haruo's mother's room.

"As far as I can tell, her name's Yamada Teijun,"
he explained on the way. "She doesn't seem to be
Korean. The tone of her voice and the sound of her
name struck me as odd, so I tried asking her in Ko-
rean how she got hurt, but she won't respond. All
she says, in Japanese, is that she fell down."

"Hmmm, I see," I said, fumbling for words. "Will
she recover?"

"More or less. But I'm afraid the knife wound will
leave a scar on her face—a pretty ugly one around
the temple, unfortunately. Well, here she is... Mrs.
Yamada, your son's teacher from the co-op is
here."

Haruo wasn't anywhere to be seen. In the room,
roughly the size of twelve tatami mats, was a row

려서 내놓더란 말이야."

그는 곁눈질로 힐끔 나를 쳐다보았다. 때마침 흘러드는 새벽 달빛에 보니 그의 눈에는 처참한 그늘이 짙게 비껴 있었다.

그러나 아침에는 시치미를 떼고 언제 자기가 그런 말을 했는가 하는 투로 나왔다. 역시 여느 날처럼 약한 자를 못살게 굴었으며 새로운 사람의 밥을 뺏어 먹었다. 그러나 나는 그날 밤 이후 그를 더욱 의심스럽게 생각하였다. 그래도 그는 경찰에서 야마다라고 불리고 있는 만큼 일본 사람임에 틀림없었다. 그러면 그의 어머니가 조선 사람인지도 모른다는 생각이 들었으나 미처 확인하지 못한 채 나는 기소유예로 나오게 되었다.

그리고 나는 지금에 와서야 겨우 그를 상기하였다. 얼마나 덩둘한가[18]. 성이 같다는 것만 보고도 그만한 것은 알아차릴 수 있지 않은가. 야마다 하루오를 처음 본 순간부터 나의 눈앞에는 한베에의 모습이 희미하게나마 얼른거리고 있었을 것이다. 하지만 나는 그것이 한베에라는 것을 알아차리지 못했다. 혹시 하루오에 대한 애정으로부터 소년이 한베에라는 것을 두려워하고 있었는지도 모른다.

of five beds, each one holding a patient. Mrs. Ya-
mada was lying in one near the corner. Only the
areas around her mouth and nose were visible from
between the white bandages wrapped around her
face. She remained perfectly still and unresponsive.
Dr. Yun left us alone to do his rounds. For a mo-
ment, I hesitated, unsure of what to say to her.

"I hope you're not in too much pain. Haruo seems
very worried about you," I said, bringing up the boy
almost by accident. "Actually, I'm a teacher at the
co-op where Haruo goes to school... my name is
Nam."

It may have been my imagination, but she seemed
to move a little. She must have been startled by my
Korean surname, I figured.

"Ah, ah," she moaned, her fingertips quivering.
"Haruo... Haruo really said that about me...?"

"—."

I didn't know how to respond.

"Ahhhh," she sobbed, overcome with emotion.
"Did my Haruo really... say that... he's *worrd* about
me...?" she asked with a Korean accent.

I, too, felt a sting of sadness. But I knew it was
my duty to comfort her by talking about Haruo.

"I spend time with Haruo everyday. So I know

"한베에."

나는 다시 한 번 조용히 중얼거렸다.

그러나 하루오는 쌔근쌔근 단잠을 자고 있다. 나의 망막에는 "내 여편네도 조선 여자야" 하고 말하면서 비굴하게 웃던 한베에의 얼굴이 연신 떠올랐다. 그러자 그것은 어느새 잠든 하루오의 모습에 겹쳐졌다. 그때 하루오는 알릴 듯 말 듯 신음 소리를 낸 것 같다. 그는 얼굴에 푸들푸들 경련을 일으키는가 하면 가위에 눌려 소리를 지르고 돌아눕더니 놀란 듯이 눈을 번쩍 떴다.

"왜 그래? 꿈이라도 꾸었나?"

나는 땀투성이가 된 그의 목덜미를 씻어주며 물었다.

그는 다시 눈을 감자 헛소리를 하듯 중얼거렸다.

"아버지가 이번엔 나를 없애 치우겠대요."

4

나도 온밤 깊이 잠들지 못하고 갈피를 잡을 수 없는 꿈만 꾸었다. 아침에 잠을 깨고 보니 벌써 하루오는 없었다. 나는 놀란 듯이 상생병원에 가보면 될 것이라고 자신에게 말했다. 그날은 일요일이어서 하루오도 학교

how exasperating he can be at times. But he's still just a kid. One of these days he'll make you proud to be his mother." I really felt that way. I truly believed that if someone were to give him a helping hand and encourage him to think long and hard about the various factors that had made him the way he was today, it was only a matter of time before he became aware of his own full human potential.

But she didn't reply. With bated breath, she simply awaited my next word. I went on.

"At first I just assumed you'd have no other choice but to take Haruo back to Korea with you."

She flinched.

"I thought that would be best, both for you and for Haruo's future. But I'm sure you still feel like you ought to take care of Hanbei-san, right?"

"*Aigo*... please leave me alone," she said in a low, plaintive voice. "He's my *hussbin* after all..."

"There's no need to hide anything from me, I assure you. I've known about Hanbei-san for some time now."

"Ah," she began, but she got so flustered she couldn't speak. Then she broke down and wailed, "but that man saved my life... besides, I'm a Korean

에 가지 않을 것이었다. 어느덧 나는 병원의 현관 앞에 서서 초인종을 누르고 있었다. 마침 윤 의사가 나와서 나를 하루오의 어머니가 있는 병실로 데려다주며 말했다.

"어쨌든 야마다 테이준이란 이름으로 되어 있네. 조선 사람이 아니지. 말투랑 테이준이란 글자가 좀 이상해서 부상당한 순간의 모양을 조선말로 물어보았으나 입을 다물고 대답하지 않네. 그저 일본말로 자빠졌다고만 하지."

"그래." 나는 두서없이 말했다. "상처는 일없을까?"

"일없네. 하지만 얼굴에 칼자리는 남을 거야. 정말 불쌍할 정도로 관자놀이에 심한 허물이 생기지. 저기야…… 아주머니, 협회의 선생님이 왔습니다."

하루오는 없었다. 넓지 않은 방 안에 침대를 다섯이나 들여 놓았는데 침대마다 환자가 침울하게 누워 있었다. 하루오의 어머니는 구석 쪽에 누워 있었다. 하얀 붕대를 칭칭 감은 얼굴에서는 입과 코밖에 보이지 않았다. 그 여자는 까딱 움직이지도 않고 아무런 대답도 하지 않았다. 윤 의사는 회진을 위해서 자리를 떴다. 나는 그 여자에게 어떻게 말해야 좋을지 몰라서 잠깐 망설였다.

woman..." By the end, she was choking back tears.

How, I wondered, could she go on living her life based on such a servile sense of gratitude? I recalled Hanbei's brutality and was filled with indescribable sorrow. Surely this woman was the very same one he'd dragged home after threatening that Korean restaurant in Suzaki. How typical of someone as mean and ruthless as Hanbei to decide to take this defenseless Korean woman as his own. From the start, she was nothing more than a sacrifice to him. Compared to that frightening idiot named Hanbei, his wife was a sorry sight indeed. I could almost picture their life together as a married couple. He probably terrorized her on a daily basis. Though stone-broke, she no doubt clasped her hands in prayer, hoping for a miracle. Such a household was bound to produce an atypical child like Haruo. How sad she'd sounded when she said, I'm a Korean. From her perspective, maybe she took some sort of pride in being married to a mainland Japanese man and used that as her sole consolation for enduring this adversity. Actually, I was hoping that she harbored intense hatred toward that Hanbei. As a fellow Korean, I wanted to revel in her righteous indignation. But, boy, did she turn the ta-

"얼마나 아프겠습니까. 하루오도 몹시 걱정하고 있습니다" 하고 말을 하는 순간에 그만 야마다의 이야기를 꺼냈다.

"사실 나는 하루오 군이 다니고 있는 협회의 선생이어서…… 내 성은 남가입니다."

그 여자는 짐작이 되는지 몸을 약간 움직인 것 같았다. 나는 내 성이 조선 성이기 때문에 놀란 것이 틀림없다고 생각했다.

"아, 아."

그 여자는 손끝을 가볍게 떨면서 신음 소리를 냈다. "하루오…… 하루오가 정말 내게 대해서……."

나는 대답할 말이 없었다.

"으흐흐……" 그 여자는 감동한 나머지 흐느꼈다. "우리 하루오가 정말로…… 나를 걱정한다고…… 말했나요……."

나는 씁쓰레한 심정에 잠겼다. 하지만 하루오 때문에 위로하지 않으면 안 되었다.

"난 매일 하루오 군과 놀고 있습니다. 때로는 기가 막히는 일도 있겠지요. 하지만 아직 어린아이가 아닙니까. 이제 꼭 어머니가 자랑할 수 있는 하루오가 될 것입

bles on me.

"Sir."

"Yes."

"I have a *fabor* to ask you."

"Please go ahead."

"I *bek* you... please... don't spend time with... my Haruo."

I stared at her in silence. She seemed to be on the verge of sobbing.

"...Haruo... loves to play by himself..." Once again, she fell silent, probably in excruciating pain from her wounds. Between faint moans, she continued, "When he's alone... he runs around... imitating... the voices... of the other kids... just for fun... and, boy, can he dance. It just broke my heart. That time I caught him... dancing so hard all alone... and crying to himself..."

"You mean because he was teased by somebody for being Korean?"

"But he never cries now," she said, emphatically correcting herself. "Haruo *izz* mainland Japanese... Haruo feels that way... he gets it from his father... so... I don't like you... interfering..."

"I've heard that Hanbei was born in southern Korea, though..."

니다."

　나는 실지로 그렇게 생각하고 있었다. 그에게 오늘의 성격을 부여한 이러저러한 것에 주의를 돌리고 따뜻한 손길로 지도해 나간다면 그는 차츰 자기의 깊은 인간성을 자각하게 될 것이라고 믿었다.

　그러나 그 여자는 대답하지 않았다. 숨을 죽이고 내가 말하는 것에 주의를 돌릴 뿐…… 나는 계속하였다.

　"처음에는 역시 아주머니가 하루오를 데리고 조선으로 돌아가는 수밖에 없다고 생각했습니다."

　그 여자는 깜짝 놀랐다.

　"아주머니 자신을 위해서도, 하루오의 장래를 위해서도 그게 제일 좋다고 생각했던 것입니다. 하지만 아주머니는 지금도 역시 한베에 씨를 귀중히 여기고 있겠지요."

　"아이고…… 아무것도 묻지 말아주세요." 그 여자는 낮은 목소리로 애처롭게 말했다. "주인인 걸요……."

　"아무것도 숨길 게 없습니다. 나는 이미 한베에 씨에 대해서 잘 알고 있습니다."

　"아!" 하고 그 여자는 놀란 나머지 목소리를 삼켰다. 그러고는 술에 아주 녹초가 된 사람처럼 신음했다.

"Yes... that's right... his mother was Korean like me. But now... just the word Korea... makes him f-f-f...furious."

"Well, Haruo has really grown attached to me—and I'm Korean. In fact, that boy of yours slept over in my room last night."

"—."

"One of these days, I'm sure that boy's attitude toward you will start to change." To reassure her, I declared, "I'm sure Haruo will recall his love for you soon. His affinity for me isn't just because he likes me; actually, I think it's his way of saying he loves you. Clearly, Haruo is starved for affection. Until now, he couldn't show you any real affection, nor could he genuinely accept your love for him. But things will get better with time, I promise..."

"I wonder," she sighed heavily, still discouraged. "That kid is so..."

Before she could finish, an old woman in Korean dress stumbled through the doorway. Out of the corner of my eye, I could tell it was Yi's mother. So I moved away from the bed a little. As soon as she laid eyes on Teijun's miserable appearance, she heaved a sigh of grief and began to wail in Korean.

"What a heartless thing to do! That sonofabitch is

"……하지만 그 사람은 나를 자유로운 몸으로 만들어 주었어요……. 난 조선 여자예요." 마지막에는 흐느낌 소리로 변했다.

그 여자는 지금도 역시 노예와 같은 감사의 정에 의지하여 살고 있는 것일까. 나는 무도한 한베에를 상기하고 형언할 수 없는 수심에 잠겼다. 언젠가 스사키의 조선요리집에 가서 주인을 협박하고 데려왔다는 여인이 바로 이 여자일 것이다. 비겁하고 잔인한 한베에이고 보면 의지가지 없는 조선 여자에게 눈독을 들이다가 강제로 데려올 수도 있지 않은가.

그 여자는 처음부터 그의 제물로 선택된 것이다. 난폭하고 무지막지한 한베에에게 비하면 얼마나 불쌍한 아내인가. 나는 그 여자의 가정生活을 상상할 수 있을 것 같았다. 그 여자는 날마다 구박을 받을 것이다. 엎드려 뒹굴면서 손을 모아 빌 것이다. 그런 데로부터 하루오와 같은 이질적인 아이가 자란 것이 틀림없었다. "나는 조선 여자예요" 하고 그 여자는 아주 슬프게 말했다. 그 여자는 혹시 자기가 일본 사람과 결혼한 것을 일종의 자랑으로 생각하고 그로부터 얼마간의 위안을 받으면서 이 역경 속을 살아 나가는지도 모른다. 나는 오히려

going straight to hell for this. Ain't that right, Teijun? Don't you know who I am? I'm li'l Yi's mother. You know, li'l Yi. You hang tough and get well quick, you hear me?"

Teijun reached out, her fingertips shaking. The old woman took her hand.

"When those wounds heal, you get away from him for good and go back to your hometown, understand? I don't want you coming back like before. He ain't worth it, and you know it."

Teijun moaned. Seeming to remember something all of a sudden, the old woman hastily untied her cloth-wrapped parcel and took out a couple of mandarin oranges.

"Here are some mandarin oranges. They might make your throat feel a little better." Diligently, she began peeling the skin off one.

"Li'l Yi bought them today and told me to give them to you. He got his license today, too, so he's all happy about being a full-fledged driver."

"Please take good care of yourself," I said, having decided it was probably best to leave the room, and headed for the doorway. Just then, I heard some labored bits and pieces of Korean coming from Haruo's mother, so I stood still. She was

한베에에 대한 그 여자의 세찬 증오를 기대했으며 같은 고국에서 온 사람으로서 의분의 기쁨에 취하고 싶었다. 그러나 나는 보기 좋게 한 대 얻어맞지 않았는가.

"선생님."

"예."

"저, 부탁할 게 있습니다."

"말씀하시오."

"부탁…… 합니다. 제발 하루오를…… 상관…… 말 아주세요."

"……"

나는 묵묵히 그 여자를 지켜보았다. 그 여자는 금시 울음을 터뜨릴 것만 같았다.

"……하루오는…… 혼자 잘 놉니다……" 하지만 상처가 쑤시는 듯 그 여자는 다시 죽은 사람처럼 되었다. 그래도 모기 소리만 한 신음소리는 들렸다.

"혼자서…… 여러 아이들의…… 목소리도…… 흉내 내고…… 떠들썩하게…… 논답니다. 춤을 잘 추지요. 난 슬펐어요. 어데서 보고 와서는…… 혼자 열심히 춤 니다……. 그리고 그 애도 울었습니다."

"역시 조선 사람이라고 밖에서 수모를 받기 때문인가

pleading with the old woman in Korean.

"Auntie... I'm not going back to Korea... plus, the doctor says my face will be badly scarred... in which case... my husband... couldn't get rid of me... 'cause who'd buy a woman with a face like mine...?" Then she lurched up in bed, as if she'd had a seizure or something.

"Ah!" she cried.

"What's come over you?" the old woman exclaimed as she flung her arms around Teijun and eased her back down on the bed.

"...Something... made a sound...," she gasped hysterically. "Auntie... Haruo's coming. And he's coming to see me..."

Then she began to shriek, "Auntie, please get out of here... please go hide!"

"Nobody's coming, okay? Nobody's here, see?" the old woman said, desperately fighting back tears.

I tiptoed out the door. For some reason I was drenched in sweat. Just then, I caught a glimpse of someone's tiny shadow race around a corner down the hall. I couldn't make out who it was, but then I thought: could it really be Haruo? I ran to the corner and carefully looked around. I had guessed right. There, in a dark corner under the stairs lead-

요?"

"그러나 지금은 울지 않습니다." 그 여자는 힘주어 부
정했다. "하루오는 일본 사람입니다……. 하루오는 그
렇게 생각하고 있어요……. 그 애는 내 아이가 아니에
요…… 그걸 선생님이 방해하는 건…… 좋지 않다고
생각해요……."

"난 한베에 씨도 남조선에서 태어났단 말을 들었는데
요……."

"예…… 그래요…… 어머니가 나처럼 조선 사람이었
어요…… 하지만 지금은…… 조선이란 말만 해도……
그 사람은 성을 냅니다……."

"그렇지만 하루오 군은 조선 사람인 나를 몹시 따른
답니다. 사실은 지난밤에 그 애가 내 방에서 자고 갔습
니다."

"이제 아주머니에 대한 그애의 태도도 차차 달라지리
라고 생각합니다." 그러고는 고무하듯이 말했다.

"머지않아서 하루오의 가슴에 어머니에 대한 애정이
꼭 되살아날 것입니다. 하루오가 나를 따르게 된 것은
반드시 나에 대한 애정에서만이 아니라 사실은 아주머
니에 대한 애정의 굴절된 표현이라고 생각합니다. 하루

ing to the second floor, crouched Yamada Haruo, his body hidden from view but his eyes burning brightly.

I took a step closer. "Hey, what's wrong?" I asked.

He shook his head vigorously. In fear, he backed further into the corner. Apparently he had something to hide, for he swung his right arm behind him and kept it there. He seemed ready to scream at any moment.

"I see you've come to visit your mom," I said, feeling my throat begin to burn with tears. It was almost too much for me to take. "Your mom was just saying how much she wanted to see you."

He shook his head even more frantically. Exasperated, I pulled him closer. His hand stayed behind his back. It was crushing a small, white paper package that he was trying his best to hide from me. Then it hit me: Haruo had brought something for his mother. How sad it must be to have to avoid other people and try not to be recognized while coming to visit your own mother in the hospital. That side of the young boy, more than any other, struck me as indescribably pitiful.

"I'm sure your mom will be happy," I said.

All of a sudden, he buried his face in my lap and

오는 애정에 굶주리는 게 틀림없습니다. 어머니에게 순진한 애정을 기울일 수도 없고 어머니의 애정을 순진하게 받아들일 수도 없는 하루오였습니다. 하지만 그건 차차 나아지리라고 생각합니다……."

"그럴까요?"

그 여자는 오히려 절망적인 한숨을 내쉬었다.

"……그 애가……."

그때 조선옷을 입은 한 할머니가 구를 듯이 들어왔다. 나는 할머니가 이 군의 어머니란 것을 첫눈에 짐작할 수 있었다. 그래 나는 침대에서 좀 물러났다. 할머니는 환자의 무참한 모습을 보자 긴 숨을 내쉬고는 조선말로 분격을 터뜨렸다.

"이런 끔찍한 일이 어데 있나. 그 악당놈한테 꼭 천벌이 떨어질거야. 하루오 엄마. 날 알겠나? 이가네 어머니야. 마음을 다잡고 빨리 낫도록 해야 돼. 알았지?"

환자는 손끝을 떨며 무엇을 더듬었다. 할머니는 그 손을 잡았다.

"상처가 나으면 이번엔 꼭 눈에 띄지 않도록 고향으로 돌아가야 하네. 그전처럼 다시 돌아오면 안 돼. 좋은 일이란 아무것도 없지 않나."

began sobbing.

"Come on, silly."

He cried even harder. Meanwhile, the small white paper package—now all crumpled up—happened to slip from his hand and fall to the floor. I looked closer and couldn't believe my eyes. It was a packet of shredded tobacco—the old packet of Hagi that I'd been unable to find since getting up that morning, despite looking all over my desk and through my drawers.

"*That's* why you're afraid of me! All you had to do was ask me for it. Well, let that be a lesson to you. There, there, your mom's waiting, so go bring that to her. It's the third room on the left." I patted him on the shoulder to cheer him up, adding, "Come on, where's the Yamada I know? I'll see you back at the co-op, okay? Then we'll go to Ueno like I promised yesterday."

He burst into tears. I didn't want to leave him there either. But I figured that staying in the hospital would make him even more uncomfortable, so I showed him where his mother's room was and then hurried out. On my way back, I tried to imagine why he took the tobacco from my room. All I could think was that his mother probably smoked. What a

환자는 신음 소리를 냈다. 할머니는 무엇이 생각난 듯 급히 보자기를 풀더니 큼직한 유자 두 알을 내놓았다.

"유자야. 먹으면 갈증이 좀 덜릴지도 몰라" 하고 할머니는 껍질을 벗기기 시작했다.

"우리 애가 자네한테 갖다 주라고 사 온거야. 그 애도 오늘부터 면허장이 나와서 차를 몰게 됐다고 기뻐하더구먼."

"아무쪼록 조심하시오."

아무래도 자리를 피해 주어야겠다고 생각한 나는 이렇게 말한 다음 문 쪽으로 걸어 나갔다. 그때 하루오의 어머니가 숨가쁜 소리로 뭐라고 중얼거리는 조선말이 들렸다. 나는 전기에라도 닿은 듯이 걸음을 멈췄다. 그 여자는 할머니에게 조선말로 애원하듯이 말하는 것이었다.

"할머니…… 난 돌아가지 않겠어요…… 내 얼굴에 허물이 남는대요…… 그러면…… 그 사람이…… 나를 팔아버리겠다는 말도 못 할 게고…… 누구도 이런 나를 사지 않겠으니까요……." 그러고는 경련이라도 일어난 듯 갑자기 일어나 앉으려고 하였다.

"아!"

little prankster, I thought. At the same time I was reminded of Hanbei and his devilish grin as he hung his coat on the wall of the jail cell.

5

About an hour later Yamada Haruo stood before me again. This time, though, he was staring at his feet with his finger stuck in his mouth. There was something refreshingly calm about him. The corners of his mouth seemed ready to break into a smile at any minute. At the same time, he was like a child who feels awkward around adults after doing something wonderful. Never before had I seen such an ingenuous, childlike look on his face. It was clear that he trusted me completely. Nevertheless, I merely smiled to myself and said nothing. Grabbing my hat, I simply asked, "Well, shall we go?"

The afternoon air was nippy due to the storm the previous night. It being Sunday, we stepped off the streetcar at Hirokoji into a surging sea of people. Before we knew it, we had been sucked toward the entrance of the Matsuzakaya department store, so I grasped his hand and went in, even though I didn't need to buy anything in particular. The crowds

"왜 그래. 응?" 당황한 할머니는 그 여자를 안아 눕히며 진정시켰다.

"……무슨…… 소리가 났어요." 그 여자는 미친 듯이 숨을 헐떡거렸다.

"할머니…… 하루오가 와요. 보세요. 나를 찾아오는 거예요……" 그다음 별안간 새된 소리를 지르기 시작했다.

"할머니, 나가주세요…… 좀 숨어주세요!"

"아무도 오지 않아. 아무도 보이지 않지 않나."

할머니는 쥐어짜듯 울음 섞인 목소리로 말했다.

나는 발끝걸음으로 살금살금 문 밖에 나왔는데 어찌된 일인지 땀투성이가 되어 있었다. 그때 나는 누군가의 조그만 그림자가 복도의 굽인돌이로 황황히 달려간 것처럼 생각되었다. 누구인지 똑똑히 알 수 없었지만 하루오가 아니었을까 하는 생각이 퍼뜩 머리를 스쳤다. 나는 급히 그 굽인돌이까지 가자 주위를 둘러보았다. 과연 나의 추측은 틀린 것이 아니었다. 2층으로 올라가는 계단 뒷쪽의 어둑시그레한 구석에 몸을 숨긴 하루오가 눈을 번뜩이고 있었던 것이다.

"왜 그래?" 나는 다가갔다.

were just as bad inside. Haruo wanted to ride the escalator, so we got on together. Sure enough, he was like a kid in a candy store. I, too, was filled with joy. The thought of little Haruo now surrounded by all those people gave me a strange sense of euphoria. He was still Haruo and yet, at the same time he was standing beside me, now just one of the crowd. Side by side, we let the escalator carry us to the third floor. Threading through the horde of people there as well, we worked our way up to the fifth or sixth floor, where we found seats across from each other in the cafeteria. We actually spoke very little, though, apart from basic conversation. He ordered ice cream and curry rice, while I drank soda water.

"Taste good?"

"Yep," he replied, lifting only his eyes from his plate. "Curry rice at department stores is so yummy."

When we had finished, we took the escalator down to the first floor, where I bought him an undershirt for one yen at the bargain counter. He walked out with a smile on his face, swinging the package by its strings.

The park was also unusually crowded. We climbed

당황한 그는 고개를 저었다. 그리고 겁에 질린 듯이 안쪽으로 뒷걸음질했다. 무엇을 숨기는지 오른손을 뒤로 돌리고 있었다. 금시 비명이라도 지를 것 같았다.

"어머니 병문안 왔구나." 나는 목 안이 뜨거워지는 것을 느끼면서 무척 감동된 어조로 말했다. "어머니는 지금도 네가 보고 싶다고 했단다."

그는 고집스레 고개를 저었다. 나는 불만스러워서 그의 몸을 끌어당겼다. 그는 여전히 오른손을 뒤에 감추고 있었다. 무엇인지 하얀 종이꾸러미를 숨기려고 하는 것이었다. 순간 나는 하루오가 어머니한테 무엇을 가져온 것이라고 생각하였다. 자기 어머니의 병문안 오면서 사람들을 꺼려해야 하고 남이 알지 못하게 해야 한다는 것은 얼마나 슬픈 일인가. 나는 오히려 소년의 그런 모습이 무어라고 말할 수 없이 애처롭게 생각되어 진정으로 말했다.

"꼭 어머니가 기뻐할거야."

그때 별안간 그는 나의 몸에 얼굴을 묻고 흐느껴 울기 시작했다.

"어리석게 놀지 말어."

그는 더욱 세차게 흐느꼈다. 그때 어떻게 된 영문인지

the stone steps and emerged onto a wide boulevard. The thick stands of trees were swaying languidly in the pale light of the afternoon. The sky was a dull gray, and the wind would rustle like rain through the tall treetops every so often. Throngs of men and women, exuding that fresh-off-the-train feel, were strolling along the ridiculously wide boulevard. The young boy wasted no time changing into his new undershirt and, with his tattered coat under his arm, whistled a tune from time to time. I'd grown terribly fond of him. And yet I was tongue-tied around him. Tugging at my sleeve, he suddenly asked, "Mr. Minami, are you gonna tell on me?"

"Tell what?"

As usual, his eyes radiated suspicion and resistance. Then I got it—he was talking about the tobacco.

"Of course not. I wouldn't tell a soul. Besides, you took it for your poor mom. As far as I'm concerned, you did a very good deed today. Your mom likes tobacco, right?"

"No she doesn't," he mumbled, unexplainably sullen. "When mom gets hurt... she stops the bleeding with shredded tobacco... I've seen her do it, you

구겨진 종이꾸러미가 떨어졌다. 그것을 본 나는 적이 이상한 생각이 들었다. 썬 담배였던 것이다. 그것은 내가 오늘 아침에 일어났을 때 책상 위와 서랍 안을 아무리 찾아도 눈에 띄지 않던 담배 봉지였다.

"아니 이것 때문에 선생님을 무서워한단 말이냐. 그저 선생님한테 말을 하고 가져왔더라면 좋았을걸. 됐다. 이제부터 주의하면 된다. 얘, 어머니가 기다리고 있다. 가지고 가거라. 왼쪽으로부터 세 번째 방이다" 하고 나는 용기를 돋우어주듯 어깨를 두드려 주었다.

"야마다답지 않게 뭐야. 선생님은 이제 협회에 가서 기다리겠다. 네가 오면 어제 약속한 대로 둘이 우에노에 놀러가자."

그는 소리내어 울었다. 나의 마음도 흔들렸다. 그러나 병원 안에 있으면 그를 부자유스럽게 만들 것 같아서 호실을 알려준 나는 급히 밖으로 나왔다. 그러고는 왜 그가 나한테서 담배 봉지를 가져갔을까 하고 여러 가지로 생각을 굴려보았다. 그의 어머니가 피운다는 상상밖에 할 수 없었다. 어쩌면 그런 생각지 않은 짓을 할까. 나는 그때 감방벽에 저고리를 걸어놓고 능글맞게 웃던 한베에가 회상되었다.

know."

No wonder, I thought, at a loss for words and strangely unable to register even a look of surprise on my face. I felt as though my vision had suddenly become blurry. Every time Hanbei beat her[2] until she bled, the poor woman must have softened the shredded tobacco with her spit and then applied the mixture to each and every one of her wounds. Just like the farmers from her hometown did to heal their cuts and bruises.

"I see."

We had made it to the police box in no time. Nearby was a sturdy-looking scale. With a smile to hide my sadness and smooth things over, I turned around and asked if Haruo wanted to see how much he weighed. He cheerfully hopped on, and the resulting force sent the needle bouncing back and forth. Apparently, he was heavier than I thought. Suddenly, a look of surprise came over Haruo's face, and he ran over to me, motioning toward the street with his finger. I turned my head to see what he was pointing at just as a car glided up alongside us.

Taken aback, I peered inside. From the driver's seat, Yi briefly tipped the visor of his new cap and

한 시간쯤 지나서 야마다 하루오는 다시 내 앞에 나
타났다. 그러나 그는 손가락을 입에 문 채 땅만 내려다
보고 있었다. 그 어떤 안도감을 느끼고 있는지 금시 입
이 헤벌쭉해질 것 같았다. 어떤 큰일을 한 아이가 어른
앞에서 수줍어하는 것 같기도 했다. 지금까지 그의 얼
굴에 이처럼 아이다운 순진한 표정이 나타난 때가 있었
던가. 그는 이제 완전히 나를 믿고 있는 게 틀림없었다.
하지만 나는 몰래 미소를 짓기만 하고 아무 말도 묻지
않았다. "자, 가볼까" 하고 모자를 집으며 한 마디 말을
했을 뿐이었다.

지난밤에 폭풍우가 휩쓴 뒤여서 좀 선선한 오후였다.
넓은 길에서 전차를 내렸을 때는 마침 일요일이라 밀치
고 닥치고 하는 복새판[20]이 벌어졌다. 사람들의 물결에
밀려 어느새 마쯔자까야(백화점)[21]의 입구에 와 있었으
므로 볼일은 없었지만 그의 손을 잡고 안으로 들어갔
다. 안은 매우 붐볐다. 하루오가 계단식 승강기를 타자
고 해서 나란히 올라탔을 때 그는 행복스러운 듯 얼굴
이 환했다. 나도 넘쳐나는 듯한 기쁨을 느꼈다. 하루오

greeted me with a friendly smile. I was excited to see him and headed over to the car.

"Congratulations. Your mother was at the hospital earlier and told me the good news. The test went well, I see."

Haruo sidled up to me with little, if any, trepidation. Yi saw him and awkwardly averted his eyes.

"I know, I just came from the hospital," he said. In that case, he must have run into Haruo there, too. He was unusually chipper, blinking his beautiful, black eyes and brimming with pride and joy.

"I finally feel like an adult. Pretty nice wheels, huh? It's a '37, but it's fairly new. The engine's solid, too."

To prove his point, he revved the cell motor. "That's some car alright," I replied, although I wasn't particularly impressed. It looked like an ordinary Ford to me. "I came here today with Haruo," I added, trying to put in a good word for the young boy. "If it weren't for Haruo, I wouldn't have known it was you just now."

"Well, how about a spin? You're heading to the zoo, right?" he said, opening the door and offering us a ride.

Haruo and I didn't have much choice, so we joined

소년이 지금 많은 사람들 속에 있다는 생각이 나에게는 어쩐지 이상할 정도로 기뻤다. 그는 하루오인 동시에 지금은 내 곁에 서 있으며 또 사람들 속에도 있는 것이다. 우리는 3층까지 올라갔다. 거기서도 붐비는 사람들 속을 누비며 다시 5층인가 6층까지 올라간 우리는 식당의 한쪽 구석에 마주 앉았다. 하지만 우리 둘은 필요 이상의 말은 별로 하지 않았다. 그는 아이스크림과 카레라이스를 먹고 나는 소다수를 마셨다.

"맛이 있나?"

"응."

그는 접시 위에 얼굴을 숙인 채 나를 치떠보았다.

"백화점의 카레라이스는 정말 맛이 있어요."

거기서 승강기를 타고 밑에 내려오자 1층의 특별매대에서 1원을 내고 그의 셔츠를 샀다. 그는 싱글벙글하면서 꾸러미의 끈을 길게 늘어뜨리고 걸어 나왔다.

공원에도 신기할 정도로 사람이 많았다. 우리는 돌계단을 올라가서 큰길에 나섰다. 우거진 숲은 오후의 담담한 햇빛을 받아 내키지 않는 듯 조용히 흔들리고 있었다. 하늘은 침침하게 흐렸는데 때때로 높은 나무우듬지[22]에서 바람이 울부짖고 있다. 넓은 길에는 목욕을 하

hands and got in. The entrance to the zoo wasn't far.

"How was it? Comfortable, right?" Yi asked as he dropped us off. For an innocent young man like him, this day was probably the happiest day of his life. "All my other passengers had good things to say about it."

"Yes, it's got a nice, brand-new feel to it," I admitted.

Pleased by my response, he confidently grabbed the steering wheel and swung the car around. Then he bid farewell with the same tip of his cap as before and sped away like a puffer fish, honking his horn to clear a path through the sea of people. Haruo stood there transfixed, his eyes full of envy as he watched the car drive away. What a magical day, I thought.

"Yi drives like a pro now, huh? What do you want to be when you grow up?" I asked playfully, looking back at Haruo.

"I'm gonna be a dancer!" he shouted exuberantly.

"Oh yeah?" I stared at him in amazement. For a moment, his body seemed incandescent. "A professional dancer?" It briefly crossed my mind that he just might make an incredible dancer.

고 나오는 듯한 아낙네들과 사나이들이 줄레줄레 걸어 가고 있었다. 소년은 어느새 새 셔츠를 갈아입고 넝마 같은 저고리를 꿍겨[23] 겨드랑이에 낀 채 이따금 휘파람을 불었다. 나는 무엇이라고 말할 수 없을 정도로 그가 사랑스러워졌다. 하지만 나는 그에게 긴 말을 할 수 없었다.

갑자기 그는 나의 팔소매를 잡아당기면서 말했다.

"선생님, 말하겠어요?"

"뭘 말이냐?"

보니 그의 눈에는 여느 때와 마찬가지로 의심과 반항의 빛이 번뜩이고 있었다. 나는 대뜸 알아차렸다. 담배에 대해서 말하는 것이었다.

"말할 게 뭐냐. 아무한테도 말하지 않겠다. 불쌍한 어머니를 위해서 가져갔거든. 나는 네가 오늘 좋은 일을 했다고 생각한다. 어머니가 담배를 좋아하나?"

"좋아하지 않아요."

이상하게 풀이 죽은 그는 내키지 않는 듯이 중얼거렸다.

"어머닌 피가 나면…… 언제나 상처에다 담배를 붙였거든요. 내가 다 알고 있었어요."

"I had no idea," I said.

"Yeah, I love to dance. But you can't do it in the light. You have to do it someplace dark, with the lights off. You don't like dancing, Mr. Minami?"

"No, it sounds wonderful. Now that you mention it, you've got the perfect build for it," I said in a daze. "I quite like to dance, too, you know..."

An image flickered before my eyes: this young boy, who'd been hurt and warped by his unusual family background, was standing on a stage with his legs spread wide and his arms stretched out as he danced around in the light, caught up in a blur of red, green, and other colors. I felt a wave of joy and admiration wash over me. He, too, was beaming with pleasure as he gazed up at me.

"In fact, I've even made up some dances," I said. "I really like to dance in dark places, too. I've got an idea. How about taking dance lessons with me? When you get good enough, I'll take you to a real master." I wasn't making this up. At one point, I wanted to become a dancer myself and even experimented with choreography.

"Sure," he said with stars in his eyes.

Yeah, one of these days we'll move into an apartment or something near the co-op. For once, it'll just be the two of

나는 저도 모르게 숨을 들이쉬었다. 웬일인지 놀란 기색마저 얼굴에 나타낼 수 없었다. 나는 눈앞이 뿌옇게 흐려지는 것 같았다……. 피를 흘리고는 비참하게도 썬 담배를 침으로 이겨 가지고 몇 개씩 상처에다 붙이고 있은 게 틀림없었다. 마치 그 여자의 고향에 사는 농민들이 그런 식으로 상처를 치료하는 것처럼.

"그런가."

우리 둘은 어느새 파출소 가까이 와 있었다. 그 옆에는 든든하게 만든 체중계가 놓여 있었다. 그것을 본 나는 아무 일도 없었던 것처럼 돌아다보고 쓸쓸한 웃음을 지으며 달아보지 않겠느냐고 물었다. 그러자 그는 기뻐하며 저울 위에 뛰어올랐다. 한순간에 너무나 세찬 힘을 받았기 때문에 바늘이 어방없이[24] 돌아갔다. 뜻밖에 좀 무거운 것 같았다. 그때 하루오는 무엇에 놀란 듯 나에게 달려들면서 손가락으로 큰길을 가리켰다. 무엇인가 하고 그가 가리키는 곳을 돌아다보니 마침 한 대의 승용차가 우리 옆에 와서 멎는 것이었다. "아니?!" 하고 보니 운전사 자리에 앉은 이 군이 새 모자의 창을 약간 쳐들며 벌쭉하고 인사를 했다. 나도 기뻐서 그에게 다가갔다.

us. At least that's what I told myself. There was no telling how he might change in the future. Another part of me was sure he'd betray me at any moment. Still, now that I'd begun to chip away at the thick wall he'd built around himself, I knew this was my only chance to get through to him.

In our excitement we somehow had lost track of time and soon found ourselves passing through a grove of old trees beside the Benten Shrine. Signs of last night's storm were everywhere: broken branches hung from the trees, and dead leaves were scattered across the ground, still wet with rain. A flock of pigeons flew wildly around the shrine's roof and the five-storied pagoda. Exiting the shrine beside a stone lantern, we were greeted with a view of Shinobazu Pond through the tangle of trees below. The pond resembled a giant mirror, reflecting the rays of the setting sun and glittering like gold from time to time. Five or six boats were on the water. People lined the railings of the stone bridge that spanned the pond, gazing at the water's surface. A thin mist, it seemed, was rising into the air. Dusk was approaching. I could feel it drift across the pond, gradually spreading toward us. As it did so, our hearts became clearer and more serene.

"축하하오. 조금 전에 병원에서 어머니가 말하더구만. 일이 잘 된 모양이지요."

하루오는 별로 겁내지 않고 나의 곁에 따라왔다. 그것을 본 이 군은 거북한 듯 눈길을 딴 데로 돌렸다.

"예, 나도 방금 병원에 갔다오는 길입니다."

그러면 거기서 하루오를 만났을 것이다. 이 군은 기쁨을 감출 수 없는 듯 까만 눈을 깜빡이며 수선을 떨었다.

"나도 마침내 제 구실을 하게 됐습니다. 이건 꽤 좋은 차지요. 37년형이지만 비교적 새것이고 기관도 좋답니다."

그는 뽐내듯이 발동을 걸었다. 나의 눈에는 흔한 포드형인 데다가 그다지 좋은 것 같지도 않았으나 "정말 좋은 차로군요" 하고 대답하였다.

"오늘은 이 하루오 군과 함께 놀러 왔답니다." 그러고는 소년을 내세우듯이 뒤를 이었다.

"이제도 난 몰랐는데 이 하루오 군이 가르쳐 주었지요.""어떻습니까. 한번 타보지 않겠습니까. 동물원으로 가는 길이겠지요?"

그는 문을 열고 자꾸 권했다.

하루오와 나는 거절할 수가 없어서 손을 잡고 차에

"The zoo's way back there," I noted.

"But I kind of want to ride the boats," Haruo said bashfully.

"Oh, then let's go down."

We stood at the top of a long flight of steps. Haruo and I took them one at a time. He walked one step ahead of me, gently pulling me by the hand as though I were an old man. Halfway down, however, he suddenly stopped and pressed himself against me. Raising his eyes to meet mine, he said, as if to bait me, "Mr. Minami, I know what your real name is."

"Oh really?" I replied, smiling to hide my embarrassment. "Let me hear you say it."

"Mr. Nam, right?" I thought I heard him say as he flung the coat he'd been carrying under his arm into my hand and eagerly charged down the stone steps without me. I felt liberated, my feet so light they nearly fell out from under me as I clattered down the steps after him.

1) Two characters are missing from the original text here, the result of either outside censorship or self-censorship. Kim may have been referring to sex or other potentially subversive activities.

2) Here, in a clear instance of outside censorship, nine characters were crossed out from the original text:" [...] Han-

113

올랐다. 동물원 입구까지는 멀지 않았다.

"어떻습니까. 탈 맛이 있지요?" 이 군은 우리를 내려 놓으면서 말했다. 이 순박한 젊은이에게는 오늘이라는 날이 무척 즐거운 모양이었다. "다른 손님들도 다 그렇게 말한답니다."

"새것이고 기분이 좋습니다."

나는 정직하게 말했다.

만족한 이 군은 거기서 솜씨 있게 차를 돌리더니 아까처럼 손을 들고 작별인사를 한 다음 경적을 울려 사람들을 쫓으며 보가지[25]처럼 달려갔다. 하루오는 그 자리에 선 채 원망에 찬 눈길로 멀어져가는 차를 바라보고 있었다. 나는 오늘이 얼마나 기쁜 날인가 하고 생각하였다.

"이 군은 훌륭한 운전수가 되었는데 너는 커서 무엇이 될 작정이냐."

나는 하루오를 돌아다보며 즐거운 어조로 물었다.

"난, 무용가가 될래요."

그는 별안간 밝은 목소리로 말했다.

"······허" 나는 적이 놀란 눈으로 그를 쳐다보았다. 일시에 그의 몸이 빛을 뿜는 것만 같았다. "무용가가 된단

bei beat her [...]" (*Hanbei ni utarete*). Hanbei, of course, is part Japanese, and negative portrayals of Japan or the Japanese (especially in their treatment of Korea and Koreans) were strictly censored.

* From *Into the Light: An Anthology of Literature by Koreans in Japan*, ed. and trans. Christopher D. Scott (Honolulu, HI USA: University of Hawai'i Press, 2011), 13-38.

Translated by Christopher D. Scott

말이지." 정말로 훌륭한 무용가가 될지도 모른다는 생
각이 문득 떠올랐다.

"그런가."

"응, 난 춤추는 게 좋아요. 그렇지만 밝은 데서는 안
돼요. 무용은 캄캄한 데서 하는 거예요. 선생님은 싫어
요?"

"그건 정말 멋있겠지. 그리고 보면 너의 몸매가 잘 생
겼다."

나는 몽상하듯이 말했다.

"선생님도 무용을 좋아한단다……."

나의 눈앞에는 출신이 남다르고 학대와 구박 속에서
짓눌리기만 한 한 소년이 무대 위에서 서로 엇갈리는
붉고 푸른 갖가지 빛을 쫓으며 빛발 속으로 춤추며 돌
아가는 모습이 얼른거렸다. 나는 온몸이 생신한 환희와
감격으로 넘쳐나는 것 같았다. 그도 만족스러운 듯 미
소를 짓고 나를 지켜보았다.

"선생님도 무용을 만들어본 적이 있어. 선생님도 어두
운 데서 춤추는 걸 좋아한단다. 그래 이제부터 선생님
과 함께 무용 공부를 하자. 잘하게 되면 더 훌륭한 선생
한테 데려다주지."

나는 빈말을 하는 것이 아니었다. 나도 한때는 무용가가 되려고 무용창작을 시도해 본 적이 있다.

"응."

그의 눈은 푸른 별처럼 빛나고 있었다.

'그렇다, 당장 협회 곁에 있는 아파트로 이사하자. 그래서 우선 단둘이 있도록 하자' 하고 나는 속으로 중얼거렸다. 그가 앞으로 어떻게 변모할지 모른다. 이내 나를 배반할 수도 있다. 하지만 나는 완고하게 움츠러들고 굳어진 마음을 조금이라도 풀기 시작한 이 기회를 놓쳐서는 안 된다고 생각하였던 것이다.

어찌된 일인지 그때 우리는 큰 나무 사이를 빠져나와 암자 곁을 지나고 있었다. 지난밤의 폭풍우가 남겨놓은 흔적이 여기저기 눈에 띄었다. 부러진 가지가 나무에 매달려 있는가 하면 누렇게 뜬 나뭇잎이 흩어져 있었다. 비둘기가 무리지어 암자의 지붕과 5층탑 주위를 날아다니고 있었다. 석등 옆으로 나가니 아래쪽 숲 사이로 못이 바라보였다. 그것은 거울처럼 저녁해를 반사하여 이따금 금빛으로 번쩍거렸다. 대여섯 척의 보트가 떠 있었다. 못 위에 놓여 있는 돌다리 난간에는 많은 사람들이 기대서서 수면을 내려다보고 있었다. 어쩐지 가벼운 안개가 서리고 있는 것만 같았다. 차츰 저물어가고 있는 모양이었다. 땅거미가 못을 따라 이쪽으로 천천히 다가오는 것처럼 느껴졌다. 그에 따라 우리 둘의 마음은 더욱더 맑게 가라앉는 것이었다.

"동물원에 간다는 게 여기까지 오고 말았구나."

"그렇지만 난 보트를 타고 싶어요."

그는 수줍어하며 말했다.

"그래, 그럼 내려가자."

거기서부터 긴 계단이 연달려 있었다. 나와 하루오는 그것을 하나하나 밟고 내려갔다. 한 단 밑에 선 그는 마치 늙은이라도 데리고 가는 것처럼 조심스럽게 나의 손을 잡고 가는 것이었다. 하지만 그는 가운데쯤 내려가자 갑자기 걸음을 멈추고 나의 몸에 바싹 다가서서 올려다보며 응석을 부리듯이 말했다.

"선생님, 난 선생님 이름 알고 있어요."

"그래?"

나는 가볍게 웃어 보였다. "말해 보려무나."

"남 선생님이시지요?" 하고 말하고 나서 그는 겨드랑이에 끼웠던 웃옷을 나의 손에 쥐어주며 기쁜 마음으로 돌계단을 뛰어 내려가는 것이었다.

나는 그제야 안도의 숨을 내쉬며 가벼운 걸음으로 그
의 뒤를 쫓아 계단을 내려갔다.

1) 땅이 질어 질퍽한 벌.
2) 고토. 강동(江東).
3) '남(南)'의 일본어 발음.
4) 광대뼈.
5) 단단히 준비하거나 대책을 세움. 또는 그 대책.
6) 일본 도쿄 도 다이토 구의 우에노 지구에 위치한 넓은 공원. 일
   본 최초의 공원으로 도쿄의 공원 중 가장 넓은 규모를 자랑한다.
7) 밀치락달치락하다. 자꾸 밀고 잡아당기고 하다.
8) 슬프고 침울하게.
9) 체소(體小). 체소하다. 몸집이 작다.
10) 갑자기 소스라치게 놀라는 모양(북한어).
11) 구름덩이의 틈새.
12) '모질음(고통을 견디어 내려고 모질게 쓰는 힘)'의 북한어.
13) 전종(電鐘). 전류를 이용하여 종을 때려 소리 나게 하는 장치.
14) 토이기(土耳其). 터키의 음역어.
15) 도쿄의 지역 이름으로, 대중적인 유흥가로 유명하다.
16) 다카다구미. 에도 시대에 샤미센이라는 일본 전통 현악기를
    타거나 노래를 부르며 구걸하던 여자 소경을 고제라고 했는
    데, 이들이 다카다 마을에서 다카다구미라는 집단을 형성하
    고 있었다.
17) 스사키. 갑(岬), 곶.
18) 덩둘하다. 매우 둔하고 어리석다.
19) '북새판'의 북한어.
20) 마쓰자카야. 일본 나고야에 본점을 둔 백화점.
21) 나무 꼭대기 쪽으로 난 줄기와 가지.
22) '꾸리다'의 북한어. 짐이나 물건 따위를 싸서 묶다.
23) '어림없이'의 북한어.
24) '황복(참복과의 바닷물고기)'의 방언. 여기서는 황복이 헤엄치는
    것처럼 헤쳐 나갔다는 뜻.

* 작가 고유의 문체나 당시 쓰이던 용어를 그대로 살려 원문에 최대한 가깝게 표기하고자 하였다. 단, 현재 쓰이지 않는 말이나 띄어쓰기는 현행 맞춤법에 맞게 표기하였다.

『노마만리』, 동광출판사, 1989

해설

Afterword

"빛 속에"

크리스티나 이

(브리티시컬럼비아 대학교 일본문학 조교수)

김사량(1914~1950?)이 1939년 10월 처음 동인지《문학자본》에 「빛 속에」(光の中に)라는 작품을 일본어로 발표했을 때, 그는 도쿄제국대학의 대학원생이었다. 이듬해 그의 단편소설이 저명한 아쿠다가와 상의 후보작에 오르게 되자 그는 순식간에 문단의 스포트라이트를 받게 되었다.《문학신문》의 1940년 3월호에 발간된 논평에서 심사위원들은 민족 정체성과 황국에 동화되는 데 따른 갈등을 뛰어나게 묘사했다고 이구동성으로 칭찬했다. 예를 들어, 작가인 쿠메 마사오(1891~1952)는 '조선인들의 문제들'을 감동적으로 다룬 점이 "국가적인 중요성을 지닌다"고 평했으며 소설가이자 시인인 카지이

"Into the Light"

Christina Yi

(Assistant Professor of Japanese Literature
at the University of British Columbia)

Kim Sa-ryang (1914~1950?) first published "Into the Light" (Hikari no naka ni) in Japanese in the literary coterie journal *Bungei shuto* (Literary Capital) in October 1939, while he was a graduate student of Tokyo Imperial University. The short story was nominated for the prestigious Akutagawa Prize the next year, instantly catapulting Kim into the literary limelight. The judges for the prize uniformly praised Kim for his compelling portrayal of conflicted ethnic identity and imperial assimilation, in comments that were published in the March 1940 issue of *Bungei shunjū* (Literary Chronicle). The writer Kume Masao (1891~1952), for example, wrote that the sto-

코사쿠(1894~1984)는 '현대 시대'를 비추어 볼 때 김사량의 이야기가 지니는 정치적 관련성에 주목했다.

이러한 논평은 1937년 제2차 중일전쟁이 시작된 후에 벌어진 일본의 전쟁 동원령과 일본의 식민지들에서 본격적인 황국신민화 운동이 시작된 데 대한 암묵적인 동의로 해석할 수 있을 것이다. '황국의 신민이 되는 것'이라고 직역되는 황국신민화는 일본 제국에 완전한 충성심을 주입시키는 것에 목적을 둔 일련의 정책과 실행이라고 규정할 수 있다. 조선에서 그러한 정책은 공공장소에서 '황국신민의 맹세'를 의무적으로 외우는 것, 창씨개명 실행, 그리고 모든 언론에 광범위한 검열을 행하는 것을 포함하고 있었다. 조선총독부는 후원 대회, 잡지, 문학 단체 등을 통해서 조선인들이 점점 더 많이 일본어 출판물들을 발행하도록 장려했다. 이러한 일본어 장려는 동시에 조선어의 억압을 수반했다. 1938년에는 조선어 수업을 규제하는 교육 정책이, 그 후 1941년에는 마침내 조선어 수업을 폐지하였고, 1930년대 후반부터는 조선어 신문과 잡지 들을 발간하는 많은 독립 언론사들을 강제로 폐간했다.

사실 황국신민화를 통해서, 북미 학자인 레오 칭(Leo

ry's moving treatment of "the problems of the Korean people held great national significance," while the novelist and poet Kajii Kōsaku (1894~1984) noted the political relevance of Kim's story in light of "today's times."

Such comments can be read as an oblique nod to Japan's war mobilization and the full-fledged launch of the *kōminka* (imperialization) movement in Japan's colonies following the start of the Second Sino-Japanese War in 1937. More literally translated as "becoming an imperial subject," *kōminka* can be characterized as a series of policies and practices aimed at inculcating complete loyalty to the Japanese empire. In Korea, such policies included the enforced recitation of the "Oath of Imperial Subjects" (*Kōkoku shinmin no seishi*) in public places, the implementation of *sōshi kaimei* (lit. establishing family names and changing given names); and wide-scale censorship of all media forms. The Government-General of Korea also increasingly encouraged Japanese-language publications by Koreans through sponsored contests, journals, and literary organizations. This push towards the Japanese language was accompanied by a concomitant suppression of Korean, through educational measures restricting

Ching)의 표현을 빌리자면 "개인의 존재론"에 중심을 맞춘 새로운 동화의 틀이 소개되었다. 때로는 "일본화"라고 번역되기도 하지만 황국신민화는 조선인들을 반드시 일본인으로 (비록 식민지 지위로 인하여 조선인들이 엄밀한 의미에서 일본인으로 이미 간주되고 있었지만) 만드는 것을 목적으로 하기보다, 전쟁이라는 사건에 의해서 정의되는 항목인 쓸모 있는 '황국의 신민들'로 만드는 것을 목표로 했다. 이러한 구분을 유념해야 하는 이유는 「빛 속에」라는 텍스트가 왜 검열자들의 눈을 피해서 일본과 조선의 독자들 모두로부터 찬사를 받았는지에 대해서 설명해 주기 때문이다. 내지라고 하는 일본의 맥락에서 볼 때 논쟁의 여지가 없는 불변수인 '일본인'이라는 항목을 문제화할 필요가 없었기 때문에 일본 발행인들은 아무런 모순도 없이 조선인들의 타자성을 강조할 수 있었다. 그러나 조선인의 민족성은 지역성, 특수성, 그리고 문화적으로 암호화되어 있었다.

「빛 속에」와 같은 텍스트들을 통해서 개인의 존재론 속에 담긴 식민 정책과 담론에 대한 가장 설득력 있는 비판을 찾아볼 수 있다. 이야기의 가장 큰 관심사 가운데 하나는 이름과 자신의 정체성에 관한 문제이다. 1인

(1938) and then finally abolishing (1941) classes on the Korean language, and the forced shut-down of a number of independent presses that published Korean-language newspapers and journals starting in the late 1930s.

Kōminka in effect introduced a new paradigm of assimilation centered around "the ontology of the personal," to borrow a phrase from North American scholar Leo Ching. Although it is sometimes translated as "Japanization," *kōminka* did not aim to make Koreans into "Japanese" necessarily (as Koreans were already technically considered to be Japanese, or *Nihonjin*, due to their colonized status) but rather to make them into useful "imperial subjects" (*kōmin*), a category itself defined by the contingencies of war. This distinction is important to keep in mind, as it helps explain why a text like "Into the Light" could pass the scrutiny of the censors and win praise from Japanese and Korean readers alike. Japanese publishers were able to highlight the alterity of Koreans without apparent contradiction because the category of "Japanese" was unproblematized, an unassailable constant when considered in the domestic context of the metropole. Korean ethnicity, in contrast, was coded as local, particularized, and cultural.

칭 화자인 남 선생이 일본어를 잘하고 일본 이름처럼 들리는 별명(화자의 성씨인 '남'의 중국어 표기의 일본식 발음인 '미나미')을 사용하고 있어서 일본인 동료들 사이에서 일본인으로 '행세'할 수 있음을 독자들은 재빨리 알게 된다. 이러한 별명은 화자가 적극적으로 선택한 것이라기보다 그에게 강요된 것임에 주목해야 한다. 문제아인 야마다 하루오에게 조선인의 피가 섞였다고 의심하게 된 남 선생은 정체성에 심각한 혼란을 겪게 된다. "그것은 또 자기는 조선 사람이 아니라고 외쳐대는 야마다 하루오의 경우와 본질적으로 아무런 차이도 없지 않은가. (……) 나는 이 땅에서 조선 사람이란 것을 의식할 때는 언제나 다른 사람들을 경계하지 않으면 안 되었다. 그렇다. 확실히 나는 지금 자기 혼자 옥신각신하다가 지쳐버렸다."

이러한 남 선생의 고백에는 형식이 내용을 닮아 있다. 남/미나미의 상충되는 읽기 사이에서 분열되는 그의 이름처럼 위에서 인용된 내적 대화는 하나의 몸에 모두 담겨 있는 '나'와 '너'로 분열된다. 비록 많은 학자들이 「빛 속에」를 창씨개명에 대한 응답으로 해석하고 있지만, 사실 이 이야기는 창씨개명이 공식적으로 발표되기

At the same time, texts like "Into the Light" prove it is often in this very ontology of the personal that we find the most cogent critiques of colonial policy and discourse. One of the most compelling concerns of the story centers around the issue of names and self-identification. The reader quickly learns that Nam, the first-person narrator, is able to "pass" as Japanese among his Japanese peers because of his Japanese language fluency and his use of a Japanese-sounding alias (Minami, the vernacular Japanese reading of the Chinese character for his last name: 南). It is important to note that this alias is imposed onto Nam, rather than actively chosen by him. When Nam suspects that the troubled child Yamada Haruo is part Korean, he experiences an intense crisis of identity: "Ultimately, there's no difference between you and Yamada Haruo bawling that he's not Korean, is there? [...] After all, whenever I've thought about being Korean in this country, I've had to build a wall around myself. Honestly, I'm sick and tired of this charade."

Form replicates content in Nam's confession. Like his name, split between the conflicting readings of Nam/Minami, the internal dialogue quoted above splits into an "I" and "you" that are both contained in

몇 달 전에 쓰인 것이다. 따라서 이 소설은 조선인들이 차별과 억압을 피하기 위하여 일본인으로 행세하며 일본식 이름을 받아들였던 '이름 행세'의 일반적인 관행과 관련지어 생각해 보는 것이 더욱 역사적으로 정확할 것이다. 그러나 행세하기 정치는 이전에도 그랬고 지금도 모순적이다. 외부의 새로운 정체성을 취하는 일은 버렸다기보다 숨겼다고 할 수 있는 불변의 내부적 정체성을 전제로 하고 있다. 또한, 민족적 경계를 가로지를 수 있는 바로 이러한 능력은 경계 자체의 타당성에 의문을 제기하게 된다.

어느 누구도 순수한 일본인이 아닌 「빛 속에」의 주인공들은 어떻게 일본인의 정체성을 갖게 되는 걸까? (일본과 조선은 하나의 몸이라는) 내선일체의 슬로건에도 불구하고 식민지 백성들에 대한 차별, 즉 일본인 구분은 많은 다른 방식으로 영구화되었다. 호적제도가 그러한 예이다. 일본에서는 호적이 있는 사람들만 '일본 본토인(내지인)'으로 간주되었다. 식민지 백성들은 식민지에서만 호적을 가졌으므로 비록 일본 본토로 이사를 했다고 하더라도 호적을 옮겨갈 수 없었다. 일본 남자와 결혼한 조선 여자는 자신의 이름을 남편의 호적에 올림으로

a single body. Although many scholars have inter-
preted "Into the Light" as a response to *sōshi kaimei*,
the story was in fact was written several months
before *sōshi kaimei* was officially announced. It is
therefore more historically accurate to think of the
story in relation to the general practice of *tsūmei*
("passing name"), where Koreans would take up Japa-
nese-sounding names to pass as Japanese and
thereby escape discrimination and oppression.
However, the politics of passing was—and still is—a
contradictory one. The practice of assuming a new,
external identity presupposes an unalterable, inter-
nal identity which is not discarded so much as hid-
den; at the same time, the very ability to cross eth-
nic boundaries threatens to call into question the
validity of the boundaries themselves.

How is Japanese identity constituted by the main
characters in "Into the Light," none of whom can be
said to be purely Japanese? Despite slogans such as
naisen ittai (Japan and Korea as One Body), Japanese
differentiation from—and discrimination against—
colonial subjects was perpetuated in a number of
different ways. The *koseki* (family register) system is
one such example. Only those who had their family
registers in Japan were considered to be "mainland

써 일본 본토인이 되었다. 이러한 결혼으로 출생한 아이들은 아버지의 국적을 따랐다. "하루오는 일본 본토인이다"라는 야마다 테이준의 주장은 아마도 모든 법적, 사회적 혜택이 주어지는 온전한 일본 국적을 아들에게 주고 싶은 욕망을 반영하고 있을 것이다.

「빛 속에」의 모든 주인공들은 일종의 정체성 위기에 직면하고 있다. 그러나 야마다 테이준의 고통은 식민 체제의 어두운 폭력을 가장 극명하게 폭로하고 있다. 남/미나미처럼 그녀의 이름 역시 일본 성씨와 조선 이름(조선어로 정순)이 합쳐진 잡종이다. 그러나 남/미나미와 달리 테이준의 잡종성은 계급과 젠더의 양 측면에서 부정적으로 굴절되고 있다. 한베이와 결혼하기 전에 테이준이 수사키(수자키)에 있는 조선 식당에서 일했음을 독자들은 알게 된다. 홍등가로 유명한 도쿄 동네인 수사키에 관한 언급은 테이준이 아마도 술집 여종업원(허가증이 없는 창녀)으로 일했음을 강하게 암시한다. 그녀의 서툰 일본어와 초라한 옷차림새 역시 도쿄에서 엘리트 제국대학을 다니는 학생인 화자가 누리는 상대적인 특권과 극명한 대조를 이룬다. 비록 두 사람 모두 일본 식민화의 불평등으로 고통받고 있을지라도, 가난하고

Japanese" (*naichijin*). Colonial subjects had their family registers stored in the colonies, and were forbidden from transferring them to the mainland even if they later moved there. A Korean woman who married a Japanese man could theoretically "become" mainland Japanese by registering her name in her husband's family register. Children of colonial intermarriage, meanwhile, assumed the nationality of their fathers. Yamada Teijun's insistence that "Haruo *izz* mainland Japanese" may thus reflect her desire to impart full Japanese citizenship on her son, with all of the legal and social benefits it would entail.

Every main character in "Into the Light" faces some kind of identity crisis, but it is the plight of Yamada Teijun that most clearly exposes the dark violence of such colonial systems. Like Nam/Minami, her name is a hybrid one: a Japanese surname (山田), a Korean given name (貞順; Jeong-sun in the Korean reading). Unlike Nam/Minami, however, Teijun's hybridity is inflected negatively along both class and gender lines. The reader learns that Teijun had been working at a Korean restaurant in Susaki (Suzaki) before marrying Hanbei. The reference to Susaki, a neighborhood in Tokyo infamous for its

교육받지 못한 여자로서 테이준의 비참한 입장은 조선도 일본도 그녀에게 피난처가 아니며 어느 곳도 고향이라고 부를 수 없음을 의미한다.

비록 김사량이 현재는 '반일본' 작가로 사후에 명성을 누리고 있지만 그의 소설은 민족적 양가성과 언어적 잡종성을 복잡하면서도 자주 곤혹스럽게 묘사하는 데 뛰어난 작품이다. 「빛 속에」에서는 조선과 일본, 명료성과 모호성, 그리고 어둠과 빛이 두 개의 목소리를 내며 움직이고 있다. 따라서 〈바이링궐 에디션 한국 대표 소설〉에 「빛 속에」가 포함된 것은 시의적절하고 타당한 일이다.

red-light district, obliquely suggests that Teijun had most likely been working as a bar maid—that is, as an unlicensed prostitute. Her clumsiness with the Japanese language and her shabby clothes also stand in stark contrast to the relative privileges enjoyed by the narrator, who lives in Tokyo as a student of an elite imperial university. Although both characters suffer from the inequalities of Japanese colonization, Teijun's abject position as a poor, uneducated woman means that neither Korea nor Japan offer her any haven; neither place can be called home.

Although Kim Sa-ryang currently enjoys a posthumous reputation as an "anti-Japanese" writer, his fiction is remarkable in its complex, often conflicted portrayals of ethnic ambivalence and linguistic hybridity. The inclusion of "Into the Light" in the 〈Bilingual Edition Modern Korean Literature〉 is therefore both timely and apt, as the text speaks in a doubled voice that moves between Korea and Japan, clarity and ambiguity, darkness and light.

비평의 목소리

Critical Acclaim

'혼혈' 소년이 자신을 가두고 있는 '혼자'의 공간, 이름의 부르는 방식을 둘러싸고 '나'가 체험한 '위선과 비굴'이라는 의식 세계 등은, 공동체의 이데올로기적 존재 구속이 개인의 생의 세계에 어느 정도 폭력적으로 관여하는가라는 물음을 계속 해서 발생시키는 장소의 문학적 형상이다. 이러한 물음을 지속시키고 있다는 점 때문에 「빛 속에」는, 단일민족의 언어와 혈통을 기준으로 하여 '내지'와 '외지'를 통합하려고 한 내선일체의 이데올로기에 대한 통절한 비판이 되는 것이다. 즉 언어, 혈통에 대한 집단적 이데올로기가 시대적 보편성으로 개개인을 억압하는 상황 속에서, 그것에 대한 개인의 실

The space where the "mixed-blood" child [of "Into the Light"] shuts himself up alone, the inner turmoil of hypocrisy and cowardice experienced by the narrator "I," hemmed in by the different ways of saying his name—such literary forms are the result of a constant desire to probe to what extent the ideological restrictions of community violently intrude on an individual's life. Because it constantly asks these kinds of questions, "Into the Light" can be read as a sharp critique of *naisen ittai* ideology, which attempted to unite the metropole and peripheries together through the language and blood of a single ethnic nation. "Into the Light" depicts the

존적 저항을 그려내고 있다는 사실이 「빛 속에」라는 한
국인 작가의 일본어 소설의 가능성이다.

정백수, 「한국 근대의 埴民地 體驗과 二重 言語 文學」

김사량에게 모어는 조선어였으나 근대어는 일본어였
다. 이러한 이중어의식은 김사량의 문학을 이루는 핵심
이다. 김사량의 이중어의식은 언어의 도구적 차원에 국
한되지 않고 식민지 조선 사회와 계층을 깊숙이 파고든
다. 김사량은 자신이 사용하는 두 가지 언어가 조선과
일본 사회를 이루는 다양한 층위들에서 발현 및 변형되
는 양상을 관찰하고 작품으로 형상화하였다.

김혜연, 「한국 근대 문학과 이중어 연구: 김사량을 중심으로」

간단히 말해서 나는 김사량이 진정한 조선인 작가라
고 생각한다. 내선일체와 창씨개명을 통해서 일본화 시
키려는 거대한 정치적 압박이 있던 시절에 그는 일본어
로 글을 썼다. 그는 자신이 빼앗긴 조선인의 민족성을
굳게 지키며 끝까지 저항했다. 이것이 바로 그가 진정

existential resistance of an individual against a group ideology of language and blood intent on oppressing the individual through historical universality. In doing so, it reveals all the possibilities of Japanese-language fiction by Korean writers.

Jeong Baek-su, The Experience of Modern Korea
as Colony and Its Bilingual Literature

For Kim Sa-ryang, Korean was the mother tongue, but Japanese was the language of modernity. Such bilingual consciousness forms the core of Kim's fiction. Kim Sa-ryang's bilingual consciousness was not limited to the structural level but deeply penetrated colonial Korean society and class. He observed how the two languages he used were manifested and transformed at every level of Korean and Japanese society, and his stories are an embodiment of those observations.

Kim Hye-yeon, A Study on Modern Korean Literature and
Bilingualism With a Focus on Kim Sa-ryang

Put simply, I believe Kim Sa-ryang is a truly Korean writer. Kim wrote in Japanese during a time

한 조선인 작가인 이유이다. 이런 점에서 김사량의 재발견을 통해서 일본을 고향이라고 부르는 재일 한국인들의 민족성을 서서히 약화시키고 있는 일본에 여전히 체류하며 글을 쓰고 있는 한국계 작가들을 조명해 볼 수 있다고 해도 과언이 아니다.

김석범(金石範), 「金史良について – ことばの側面から」

김사량의 소설에는 당시까지만 해도 조선인들이 썼던 일본어 소설에서 전혀 찾아볼 수 없었던 일종의 해학적이고 우스꽝스러움이 담겨 있다. 일본의 식민 통치로 인해서 조선인들이 겪었던 비극과 어려움에 관해서 그가 썼음에도 불구하고 그의 이러한 유머 감각 때문에 저항 정신이 슬픔, 분노, 그리고 증오 이외의 색깔로 모습을 드러낼 수 있었다.

카와무라 미나토(川村湊), 「解説」(光の中に : 金史良作品集)

when there was a huge political push towards Japanization through *naisen ittai* and *kōminka*, and yet he resisted to the very end, holding fast to the Korean ethnicity being stolen from him. That is why he is a truly Korean writer. In that sense, it's not an exaggeration to say that revisiting Kim Sa-ryang will shed a guiding light for *zainichi* (resident) Korean writers in Japan, a country that is steadily eroding the ethnicity of the *zainichi* Koreans who call it home.

Kim Seok-beom, *On the Aspect of Words in Kim Sa-ryang's Works*

The fiction [of Kim Sa-ryang] contains a kind of humorous or comic touch that had until then been entirely absent in Japanese-language fiction by Koreans. One can say that his sense of humor is the reason why a spirit of resistance could manifest itself in colors other than sorrow, rage, and hatred, despite the fact that he wrote about the tragedies and hardships faced by the Korean people due to Japan's colonial rule.

Kawamura Minato, *Notes on Kim Sa-ryang's Works*

김사량

　김사량은 1914년 평양의 명망 있는 기독교 집안에서 태어났다(그의 본명은 시창이고 사량은 필명이다). 동시대의 많은 이들과 마찬가지로 그는 일본어 습득을 중시하고 충성스러운 황국의 신민들을 양성하는 데 초점을 둔 식민 교육제도를 통하여 일본어를 배웠다. 1931년 반식민지 항의 활동을 했다는 이유로 그는 학교에서 퇴학을 당하게 되지만 결국 일본에서 학업을 재개하였다. 사가 고등학교에서 공부를 한 후에 도쿄제국대학에서 독문학을 전공했다. 일본에서 일본어로 소설을 쓰기 시작한 그는 1936년 「짐」을 발표하고 1939년에는 「빛 속에」를 발표하면서 이름을 널리 알리게 되었다.

　그에게 1939년은 바쁜 해였다.《조선일보》에서 기자 생활을 시작했으며 도쿄제국대학의 대학원에 입학했고 최창옥 씨와 결혼을 했으며 계속해서 소설과 수필을 발표했다. 또한 이광수의 『무명』을 포함하여 조선어 작품들을 일본어로 번역하기도 했다. 1940년 자신의 조선어 소설인 『낙조』를 문예지《조광》에 연재하기 시작했

Kim Sa-ryang

Kim Sa-ryang was born in Pyongyang in 1914 to a prominent Christian family(His given name was Si-ch'ang; Sa-ryang is a penname). Like many others of his generation, Kim learned Japanese through the colonial education system, which prioritized Japanese language acquisition and the cultivation of loyal imperial subjects. He was expelled from school for anticolonial protest activities in 1931 but eventually resumed his education in Japan, first at Saga Higher School (*Saga kōtō gakkō*) and then at Tokyo Imperial University, where he studied German literature. It was in Japan that Kim began writing fiction in Japanese. His first published work was "Ni" (Load, 1936), but it was "Into the Light" (1939) that won him widespread recognition.

1939 was a busy year for Kim: in that year he joined the staff of *Chosŏn Ilbo* as a reporter; entered the graduate program at Tokyo Imperial University; got married to Ch'oe Ch'ang-ok; and continued to publish fiction and essays. He also translated stories from Korean to Japanese, including Yi Kwang-su's *Mumyŏng* (The Unenlightened). In 1940, he began se-

으며 일본의 문예지《문학신문》에 풍자 단편소설「천마」를 발표했다. 『빛 속에』라는 제목을 붙인 단편소설집이 같은 해 후반에 일본의 오야마 쇼텐에 의해서 출판되었다.

조선인 작가가 굳이 일본어로 글을 쓰게 된 이유는 무엇일까? 김사량의 소설을 처음 접하는 많은 동시대 독자들이 묻는 이 질문에 대하여 작가는 1941년 2월 14일자 《요미우리신문》 석간의 의견란에서 스스로 다음과 같이 밝히고 있다. 「일본문학」이라는 제목이 붙은 글에서 그는 일본어로 글을 쓰는 것은 일본인들에게 조선인들의 삶, 감정, 조건 등을 알리기 위함이라고 밝히고 있다. 그 해에 발표한 다른 작품들에는 중국의 조선인 가족이 겪는 투쟁을 담은 중편 『향수』와 개인적인 가족사를 담은 「고향을 생각하며」에 이르기까지 다양한 주제와 장소가 등장한다.

1941년 12월 태평양전쟁이 발발한 하루 뒤 그는 카마쿠라 경찰에 의해서 사상범으로 예방 구치소에 갇히게 된다. 그를 변호한 야스타카 토쿠조(1889~1971), 쿠메 마사오, 그리고 다른 저명한 일본인 지식인들의 도움에 힘입어서 그는 1942년 1월에 석방되었다. 석 달 뒤에

rializing his Korean-language novel *Nakcho* (Glow of the Setting Sun) in the Korean journal *Chogwang* and also published the satirical short story "Tenma" (Pegasus) in the Japanese journal *Bungei shunjū*. His first collection of short stories, entitled *Into the Light*, was released in Japan by Oyama Shoten later that same year.

Why would a Korean author choose to write in Japanese? This question—which many contemporary readers still ask, when encountering Kim Saryang's fiction for the first time—was addressed by Kim himself in a short op-ed published in the February 14, 1941 evening edition of *Yomiuri shinbun*. In the piece, titled "Naichigo no bungaku" (Japanese-Language Literature), Kim stated that he wrote in Japanese in order to inform Japanese readers about the lives, emotions, and conditions of the Korean people. The works he subsequently published that year covered a wide range of topics and locations, from the struggles faced by a Korean family in China in the novella *Kyōshū* (A Longing for Home) to the personal family anecdotes related in "Kokyō o omou" (Thinking of My Hometown).

In December 1941, a day after the Pacific War broke out, Kim was put in preventive detention as a

그의 두 번째 단편소설집인 『집』이 코초 쇼린 출판사에 의해 발간되었다. 1943년 조선총독부가 주도한 국민동원조선연맹에 가입하여 조선어와 일본어로 선전물을 여러 편 발표하기도 했다. 그가 전쟁 찬성의 입장을 취한 이유에 대해서 많은 학자들은 당국의 의심을 피하고 조선으로부터 궁극적으로 탈출하기 위한 좋은 기회를 엿보기 위함이었다고 주장하고 있다.

1945년 초에 결국 중국으로 도피한 그는 이후에 화북조선독립동맹에 참가하게 된다. 1945년 일본의 지배에서 조국이 해방되고 나자 그는 북한으로 가서 문단 활동을 활발히 벌인다(이런 이유로 그에 대한 문학적 연구는 1988년 북한 작가들에 대한 금지령이 해제될 때까지 남한에서 자주 이루어지지 않았다). 1950년 한국전쟁이 발발한 후에 그는 조선인민군의 종군기자가 되었지만 같은 해 미군의 공격으로부터 후퇴하다가 사망한 것으로 추정된다.

thought criminal by the Kamakura police. He was released in January 1942, in part due to the efforts of Yasutaka Tokuzō (1889~1971), Kume Masao, and other prominent Japanese intellectuals who rallied in Kim's defense. A second collection of stories was published in Japan under the title *Kokyō* (Home) by Kōchō Shorin three months later. In 1943, Kim joined the Government-General-led organization *Kokumin sōryoku Chōsen renmei* (Korean League for National Mobilization) and published several propaganda pieces in Korean and Japanese. Many scholars have maintained that Kim assumed a pro-war stance in order to evade the suspicions of the authorities and better position himself for eventual escape from Korea.

Kim Sa-ryang managed to escape to China in early 1945 and thereafter joined the North China Korean Independence League (*Hwabuk Chosŏn tongnip tongmaeng*). After Korea's liberation from Japanese rule in 1945, he went North and became active in North Korea's literary circles. (For this reason, literary studies of Kim did not appear with any frequency in South Korea until the ban on North Korean writers was lifted in 1988.) He became a war correspondent for the Korean People's Army following the outbreak of the

Korean War in 1950, but he is thought to have died sometime during that same year while retreating from U.S. forces.

번역 **크리스토퍼 스캇**

Translated by Christopher D. Scott

크리스토퍼 스캇은 미국에서 태어났으며, 일본에서 고등학교를 다녔다. 그는 프린스턴대학교에서 동아시아학 학사 학위를 받았으며, 스탠포드대학교에서 일본학 석사와 박사 학위를 수여했다. 2006년부터 2012년까지 미국 미네소타 주 세인트 폴에 있는 매캘리스터칼리지에서 일본어와 일본문화, 그리고 번역을 가르쳤다. 현재 샌프란시스코에 거주하며 영재 학교인 누에바 학교에서 일본어와 일본문화를 가르치고 있다. 역서로 히데오 레비의 『성조기가(星條旗歌)를 들을 수 없는 방』(컬럼비아대학교출판부, 2011), 슈 에지마의 『누가 총을 빨리 뽑아 쏘는가』(버티칼, 2014)가 있다.

Christopher D. Scott was born in the United States but attended high school in Japan. He received his B.A. in East Asian Studies from Princeton University and his M.A. and Ph.D. in Japanese from Stanford University. From 2006 to 2012, he taught Japanese, Japanese culture, and translation studies at Macalester College in St. Paul, Minnesota. Currently, he lives in San Francisco and teaches Japanese and Japanese culture at The Nueva School, a private school for gifted students. His other published translations include: Hideo Levy's *A Room Where the Star-Spangled Banner Cannot Be Heard* (Columbia University Press, 2011) and Shu Ejima's *Quick Draw* (Vertical, 2014).

바이링궐 에디션 한국 대표 소설 095
빛 속에

2015년 1월 9일 초판 1쇄 발행

지은이 김사량 | **옮긴이** 크리스토퍼 스캇 | **펴낸이** 김재범
기획위원 정은경, 전성태, 이경재 | **편집** 정수인, 이은혜, 김형욱, 윤단비 | **관리** 박신영
펴낸곳 (주)아시아 | **출판등록** 2006년 1월 27일 제406-2006-000004호
주소 서울특별시 동작구 서달로 161-1(흑석동 100-16)
전화 02.821.5055 | **팩스** 02.821.5057 | **홈페이지** www.bookasia.org
ISBN 979-11-5662-067-9 (set) | 979-11-5662-072-3 (04810)
값은 뒤표지에 있습니다.

Bi-lingual Edition Modern Korean Literature 095
Into the Light

Written by Kim Sa-ryang | **Translated by** Christopher D. Scott
Published by Asia Publishers | 161-1, Seodal-ro, Dongjak-gu, Seoul, Korea
Homepage Address www.bookasia.org | **Tel**. (822).821.5055 | **Fax**. (822).821.5057
First published in Korea by Asia Publishers 2015
ISBN 979-11-5662-067-9 (set) | 979-11-5662-072-3 (04810)

바이링궐 에디션 한국 대표 소설

한국문학의 가장 중요하고 첨예한 문제의식을 가진 작가들의 대표작을 주제별로 선정!
하버드 한국학 연구원 및 세계 각국의 한국문학 전문 번역진이 참여한 번역 시리즈!
미국 하버드대학교와 컬럼비아대학교 동아시아학과, 캐나다 브리티시컬럼비아대학교 아시아
학과 등 해외 대학에서 교재로 채택!

금기와 욕망 Taboo and Desire

바이링궐 에디션 한국 대표 소설 set 6

운명 Fate

미의 사제들 Aesthetic Priests

식민지의 벌거벗은 자들 The Naked in the Colony